影响孩子一生的
世界大科学家

U0132878

■ 丛书主编：徐凡　　■ 本书编著：周敏

中国宇航出版社
·北 京·

图书在版编目(CIP)数据

达尔文 / 周敏编著. —— 2版. —— 北京 ：中国宇航出
版社，2011.6

（影响孩子一生的世界大科学家 / 徐凡主编）

ISBN 978-7-80218-990-4

I.①达… II.①周… III.①达尔文，C.(1809~1882)
－传记－少年读物 IV.① K835.616.15-49

中国版本图书馆 CIP 数据核字(2011)第 114383 号

责任编辑 徐春梅　黄　莘	**封面设计** 03工舍
美术编辑 谭　颖	**插图绘制** 李木子

**出　版
发　行** 　**中国宇航出版社**

社　址　北京市阜成路 8 号　　　**邮　编** 100830
　　　　(010)68768548

网　址　www.caphbook.com/www.caphbook.com.cn

经　销　新华书店

发行部　(010)68371900　　　　(010)88530478(传真)
　　　　(010)68768541　　　　(010)68767294(传真)

零售店　读者服务部　　　　　　北京宇航文苑
　　　　(010)68371105　　　　(010)62529336

承　印　北京中新伟业印刷有限公司

版　次　2005 年 7 月第 1 版　　2011 年 7 月第 2 版第 7 次印刷

规　格　880×1230　　　　　**开　本** 1/32

印　张　4.25　**彩插** 4面　　　**字　数** 110千字

书　号　ISBN 978-7-80218-990-4

定　价　12.80元

查尔斯·罗伯特·达尔文
Charles Robert Darwin

与生俱有的"离奇"和"怪异"，
伴随了他的童年生活。
一生对科学的执著追求，
使他认识到生命是那么神奇。
五年的远航生活，
揭开了物种进化和人类起源的秘密。
学习、再学习，求索、再求索，
是他一生唯一的事业，最大的乐趣。
除此之外，
其他事情都像是枯萎的叶子，
不再有生命的意义。

序

嘿，你好，我的朋友！

我呀，是这套大科学家丛书的小书迷——阿笨猫，是一只崇尚科学并有着自己梦想的普通一猫。

你是不是也和我一样，爱听科学家的故事呢？你是不是希望有一天，也能成为一位伟大的科学家呢？那就和我一起来看这套大科学家丛书吧！

你知道吗？其实，大科学家小时候也和我们一样，爱玩，爱幻想，爱问许多奇怪的问题，大人根本理解不了！

达尔文，从小就喜欢在大树上爬上爬下，衣服经常被树枝刮坏，他的房间堆满了各种标本、石块，就像个博物馆。

爱因斯坦，小时候经常一个人不声不响地坐在一个地方，专心致志地摆弄自己喜欢的东西，对身边的事几乎没什么反应，直到成为大科学家还依然如此。

居里夫人，从小喜欢与大自然亲密接触，崇拜伟大的科学家，希望自己有所作为，哥白尼曾是她的榜样。

牛顿，曾经算不出三加四等于几，但他在整日趴在池塘边观察小虫和琢磨各种小制作的过程中找到了自己的快乐。

爱迪生，曾经蹲在鸡蛋上试图孵出小鸡，他在做各种各样的实验时，真不知闯过多少祸。

诺贝尔，受父亲的影响，年少时的他就开始"研究"炸药了，这种爱好几乎持续了他的一生。

哎呀！知道了这些以后，我就常常想，几位大科学家小时候都很平常，谁能想到，他们长大后，竟都变成了改变世界的伟大人物呢！没准哪一天，像你、我一样普通的孩子，也能成为一个了不起的人呢！只要肯努力，我们一定能行的！

多读些科学家的故事吧！这样，我们就能更多地了解这些大科学家，明白他们是怎么从平凡变得伟大啦，这对我们努力实现自己的梦想可是大有帮助哟！

哦！你是不是还想问我，有这么多的大科学家传记，为什么偏偏迷上了这一套书呀？

告诉你吧，我最喜欢这套书了，因为这里面不仅有好听的故事、好看的插图，还有不少相关知识的链接呢！这样一来，我们就可以边读故事边充电了，在这个知识与创新的时代，有谁不需要充电呢？

快来和我一起走进这些超一流大科学家的世界，和他们做个朋友吧！

你的好朋友：阿笨猫

目 录
Contents

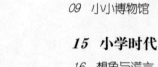

童年时光
TONGNIAN SHIGUANG

　　他是家里一个与众不同的孩子，能提出许多古怪
的问题，对大自然有着独特的感情……

带来新希望的孩子

1809 年 2 月 12 日，英国希鲁斯伯里①塞文河畔的一个医生家里，出生了一个男孩，他就是世界闻名的大科学家——达尔文。与他同一天出生的，还有日后的美国总统——亚伯拉罕·林肯。②

达尔文家族里最有名望的人是他的爷爷，也是对达尔文小时候影响最大的人。爷爷从爱丁堡大学和剑桥大学毕业，之后做了医生，他提出了一系列治疗精神病人的原理和方法，很快成为全国医学界的权威。

爷爷不仅医术高明，在机器设计和改进等方面也很有研究，他还是当地有名的教育家、文学家和社会活动家。

对达尔文影响最深的，是爷爷在动物学和植物学方面的成就，在爷爷编著的《生命学》、《植物学》、《植物的杂交》、《植物的机体》、《动物生理学——有机生命的规律》等著作中，阐述了对进化史中繁衍问题的看法。他是当时欧洲具有进化论思想的代表人物之一，把达尔文带到了一个神奇的世界里。③

达尔文的爸爸叫罗伯特·瓦尔宁·达尔文④，达尔文是他们家族的姓。爸爸是家族里身材最高大的人，是当地著名的医生。罗伯特胸怀宽广、心地善良，对病人很负责任，诊所里有很好的收入。

达尔文的妈妈叫苏姗娜·韦奇伍德，她不仅长得漂亮，还很有学问。1808年，苏姗娜腹内又孕育了一个新生命。此时，英国和法国的战争进行得非常激烈，粮价飞速上涨，食品供应不足，就是有钱的人家也买不到一点营养品。

由于严重的营养不良，苏姗娜身体状况很差。

看着奄奄一息的妻子，罗伯特对接生的大夫说："只要保住苏姗娜的命，可以不要这个孩子。"

"不，不可以……"苏姗娜挥着手无力地说。

　　五个多小时过去了，医生不但从死神中救回了苏珊娜，还接生了一个新生命，他就是小达尔文。

　　经过一个月的休养，苏珊娜的脸上有了红润，襁褓中的小男孩更是活泼可爱。

　　灯下，罗伯特正翻看着一本《对人的观察》，不时抬头看看妻子怀里的婴儿。

　　"看，他会笑了。"

　　罗伯特认真地注视着孩子的笑容，突然说："看见这孩子的笑容，让我想起大哥来，我4岁时妈妈就病逝了，大我8岁的大哥成了我生命中的保护神，他教我学习，关心我的生活，成了我生命里最亲最敬的人。遗憾的是哥哥只活了20岁就病死了，之前他获得了医师协会颁发的第一枚金质奖章，成了英国的风云人物。"

　　罗伯特说着，眼睛就湿润了。

　　苏珊娜安慰他说："你大学毕业后，仅用20英镑的生活费，就开创出了今天的事业，获得了医学博士学位，你也成功了！"④

　　罗伯特说："论成就，我永远也比不上大哥，我看给我们的这个儿子取名查尔斯·罗伯特·达尔文吧，希望他能像大哥一样，长大做个有出息的人。"

　　苏珊娜说："这个名字太有意义了。"她亲吻着小达尔文说："快快长大吧，长大做个像你爷爷、伯父和爸爸一样有成就的人。"

　　夜深了，罗伯特夫妇还在看着怀里的小达尔文说着悄悄话。对小达尔文的诞生，他们虽然没有初次为人父母时的那

份惊喜，可这个与众不同的孩子，给他们带来了新的希望和欢乐。在他们的憧憬和期盼中，小达尔文一天天长大了。

谁也不曾想到，那与生俱有的"离奇"和"怪异"，将伴随达尔文的整个童年生活，使他成了达尔文家族里与众不同的人。

①希鲁斯伯里位于英格兰西部罗普郡塞文河畔，是一座古城。

②亚伯拉罕·林肯（1809～1865），美国第十六任总统，与达尔文同一天出生，他的父亲是个木匠，他痛恨奴隶制度，曾发表过著名的《解放黑人的宣言》。

③达尔文的祖父伊拉兹马斯（1731～1802），是当时欧洲有进化论思想的代表人物之一，对大自然兴趣浓厚，他的许多思想都被达尔文继承下来。他还是英国医学界的权威，曾几次拒绝担任国王的御医，他是英国有口皆碑的人物。

④罗伯特有着高超的医术，在希鲁斯伯里行医半年，就治好了四五十个重病患者。

教堂里的"图画"

达尔文出生一年后，家里又多了一个小妹妹。妈妈每天除了辅导大孩子们的学习，还要关心小孩子们的生活，累得腰酸背痛，身体越来越不好了。

尽管这样，苏姗娜还是给了儿女们全部的母爱，一有时间就会领着孩子们去教堂里学唱圣歌，教孩子们读《圣经》。

达尔文5岁时，妈妈领他去教堂做礼拜。每次小达尔文都学着妈妈的样子，虔诚地跪在圣像前祷告。直到教堂里的钟声响起，所有的仪式结束后，小达尔文才盼来最快乐的时刻，因为他可以观看教堂墙壁上的"图画"了。

这天，达尔文指着教堂天花板的画说："妈妈，这上面的人为什么都不穿衣服呀？"

妈妈告诉他："他们是神，而不是人。这是意大利著名的雕刻家米开朗琪罗①绘制的巨幅拱顶画，花费了他4年的时间。由于长期歪着头作画，米开朗琪罗的脖子都累歪了。"

苏姗娜是位才华横溢的母亲，她耐心地为儿子讲解每幅画的内容："你看，这幅画的是亚当正接受上帝赐予生命力时的情景；这幅描绘的是上帝让夏娃从正昏睡的亚当肋间站起来；旁边这幅是上帝正把太阳和月亮抛向宇宙；还有这幅画的是上帝正有力地创造天空……"②

①米开朗琪罗，意大利文艺复兴时期伟大的画家、雕刻家。1508~1512年，为罗马梵蒂冈教堂绘制了巨幅拱顶画。作品根据《旧约全书》诺亚的故事，分9个小主题构图。

②传说上帝造人是上帝最伟大的壮举，上帝按照自己的愿望造出了世界上第一个人。

小达尔文认真地听着，不时地点头，直到母亲把9幅主题画上的内容全讲完，爱刨根问底的达尔文仍然觉得还有许多问题要问：

"妈妈，他们是神，就不用穿衣服了吗？"

妈妈说："这是为了更好地表现人体的美，是赞美创造力的神话，是对人体美和精神美的歌颂。"

妈妈看着达尔文疑惑的目光接着说："孩子，你还小，有些事你还不能理解，不过慢慢地，你就会知道更多的东西。"

达尔文说："上帝真伟大，创造了亚当和夏娃，创造了世界上的一切，那我也是上帝创造的了？"

妈妈笑着说："傻孩子，你是人，不是神，你是爸爸妈妈的孩子。"

"那妈妈和爸爸又是哪里来的呢？"达尔文急着问。

"是我们各自的爸爸妈妈生的呀！"

"他们又是从哪里来的呢？"

"是我们人类最早的祖先亚当和夏娃生的呀！好孩子，不要想得太远了。相信是上帝创造了一切，这是不可改变的。"

听着妈妈的话，小达尔文心里有了更多的为什么，他越来越盼望听见教堂的钟声了，对教堂里的神秘画面更是产生了浓厚的兴趣。

后来，也正是在这宗教气氛浓厚的地方长大的达尔文，从教堂无数次响起的钟声里，清楚地认识到"上帝造人"是一个很可笑的弥天大谎。③他对《圣经》中神造万事万物的思想提出了质疑，用毕生的努力找到了人类起源的答案。④

时间证明了一切，达尔文让人们知道亚当和夏娃的伊甸园，只是一个美丽的故事，而科学实验是证明事实、从普遍的问题中寻找规律和结论的最好方式。

③早在达尔文出生前的1543年，比利时科学家维萨里出版了《论人体构造》，推翻了上帝造人的说法，他是科学史上的革命人物，为了捍卫真理，后被迫害致死。

④达尔文让人们知道地球上繁衍了多种多样的生命，而生命的繁衍又是那样的生生不息，永无止境；生命力从何而来、生命为什么会死去、生命与非生命之间有什么不同等无数科学家探索很久的问题。

小小博物馆

达尔文家的房子很大，家里还有一个大大的花园。花园里有一棵高大的西班牙栗树，达尔文常常爬到那粗大弯曲的树干上面玩，吓得妹妹大声喊妈妈来想办法哄他下来。

达尔文却坐在上面悠闲地说："你们的胆子太小了，根本就不知道这上面有多么平坦，这是我的天堂座椅。"

这个孩子真是太淘气了，他成天往外面跑，弄得浑身上下全是泥巴，居然还跑到树上去玩，妈妈对这个儿子是又气又爱！

就这样，达尔文坐在树上看远处的高山流水时，妈妈只好经常领着妹妹在树下采花、捉蝴蝶。

有一次，达尔文低头看见妈妈和妹妹正拿着铲子给花苗培土，妹妹的力气太小了，一次就铲起那么一点儿土。达尔文迅速从树下跳了下来，从妹妹手里抢过小铲子说："这是力气活，是我们男孩子做的事。"

妹妹听话地站在一边看着达尔文将一大铲土放在花苗下，挖着挖着，只见达尔文突然捧起一把土放在鼻子下闻了起来。①

"啊，这泥土好香啊！"

听了达尔文的话，妹妹也捧起一把土闻了起来。妈

妈说："孩子，你们闻到的就是大自然的气味。"

达尔文问："妈妈，这土可以吃吗？"

妈妈笑着说："不可以，但土里可以长出草，牛可以吃草，人又可以喝牛奶，可以说是这乌黑的泥土养育了人的生命。如果没有泥土，鲜花不能开放，树木不能成林，蜜蜂不能采蜜，就没有我们吃的食物了。"

达尔文问："泥土真了不起，它能生出牛和马来吗？"

妈妈说："牛和马都是它们妈妈生的，它们的妈妈又是圣母玛利亚给的生命。"

"上帝创造了圣母，那上帝又是谁创造的呢？"

妈妈回答不上来了，达尔文总爱问这些离奇古怪的问题，当他的问题得不到答复时，他就会长时间地沉默不语，这让妈妈想到他脑海里有数不清的问题。②

①在一张达尔文和妹妹的照片中，7岁的达尔文两眼明亮，面色红润，身上穿着一件缀满花纹的衣服，怀里抱着一盆开着花的植物。

②妈妈是达尔文儿时的老师，妈妈教会达尔文识别花草和树木。花园、花房、河边是达尔文童年时天然的课堂。

1817年1月15日，病魔向妈妈伸出了可怕的手。那是一个阴沉闷热的日子，8岁的达尔文第一次认识到了死亡的恐怖。

　　临终前，妈妈特别嘱咐爸爸说："小达尔文太淘气了，我就是放心不下他，这孩子性格古怪，要正确引导他，一定要尊重他的爱好。"

　　妈妈走了，家里没有了笑声，达尔文捧着妈妈的遗像，一个人躲在房间里偷偷地哭泣。爸爸对二女儿卡罗琳说："你要特别照看好弟弟。"

　　没过几天，卡罗琳跑来向爸爸告状，达尔文不是把刚收拾完的屋子弄脏，就是把一些乱七八糟的东西带到屋子里来。

　　之后的一段时间，爸爸发现达尔文好像总在想问题，常常一个人在花园里走来走去，沉思的神情跟他的年龄很不相称。有一天达尔文竟绕着旧城墙走，因为一边走一边想心事，不慎从两米多高的地方摔了下来……

　　达尔文的伤还未养好，又出去"玩"新花样了，气得姐姐卡罗琳大声地教训他："你白天玩树叶、花草还不够，晚上还要搂着石头、树枝睡觉，把被子都弄脏了，我一定要把这些东西'请'出房间。"

　　姐姐一边说，一边往外扔达尔文的"宝贝"，达尔文急得大声喊："爸爸，快来救救我的朋友们吧！"

　　爸爸闻声赶来，看见姐弟俩正在抢一块石头，达尔文的脸和脖子都涨红了。

　　没过几天，达尔文又跟猫和狗交上了朋友，他的房间里更热闹了，有动物、植物、活的、死的、会爬的、会叫的……，一应俱全。③

他还喜欢上了钓鱼和摸鸟蛋，衣服常常被树枝刮坏，脸上也总是带着伤痕。

卡罗琳终于对这个弟弟忍无可忍了，她找到爸爸说："让弟弟赶紧上学吧，他的房间都快要变成博物馆了。"④

爸爸推开达尔文的房门一看，里面太热闹了：鸟蛋、贝壳、各种昆虫、石头、花草都有，每件东西上都带着标签，上面写着名称和物品采集到的时间，几乎真的变成博物馆了！

此时的达尔文通过观察已熟知鸟的习性，收集到不少鸟蛋，并能正确地指出鸱鸮在暴风雨的夜晚，为什么很难找到自己的窝。

爸爸不知道，在达尔文的脑海里已滋生了许多异想天开的想法，他对植物的变异性产生了兴趣，正准备作更深一步的研究！

看到儿子的兴趣日益浓厚，罗伯特决定听从妻子的遗言，尊重达尔文的爱好，让他尽情地把喜欢的东西都拿到房间里来。得到了爸爸的默许后，达尔文更加大胆了，他在自己房间的门上写着"博物馆，闲人免进"的字样。

当然，他说的"闲人"是指姐姐卡罗琳了，姐姐没办法，索性也就不再管他了。达尔文成了自由的人，对母亲的思念也渐渐变淡了，他沉浸在自己的兴趣和爱好中。

达尔文的那些古怪爱好，并不能让家人理解和接受，就连爸爸都曾告诫过他：

"你什么都不在意，只知道打猎、玩狗、捉老鼠，这不但丢了自己的面子，也会丢全家人的面子。"

事实恰恰相反，达尔文成功后，他不但给家人获得了荣誉，还为整个英国获得了荣耀，他成为全世界人的骄傲。

③达尔文说："10岁的时候，我就喜欢观察鸟类的习性，还写下了观察日记，我当时很奇怪，为什么大人们没有成为鸟类学家。"

④在19世纪的欧洲，大部分中产阶级家的孩子启蒙教育都是先由家里人来完成，上学都比较晚。

小学时代

XIAOXUE SHIDAI

　　他是一个想象力丰富的学生，他的实验室，经常引来好奇的同学们，可是他在学校里的成绩并不理想，被看成是一个"不务正业"的学生……

想象与谎言

　　一天，达尔文从果园里跑到爸爸面前说："我在灌木丛中发现了一大堆果子，一定是有人偷了放在那里的。"

　　妹妹对爸爸说："哥哥撒谎，我明明看见是他亲手从树上把果子摘下来放在那里的。"

　　达尔文顽皮地笑着跑开了。爸爸沉思起来，其实他早就发现儿子有说谎的毛病，那天他走进达尔文的"小小博物馆"，看见达尔文正在给一块化石拴标签，达尔文看爸爸来欣赏自己的宝贝，兴奋地说：

　　"我的这块石头价值连城，我还有一枚罗马的古钱币，您看，就在这里。"

　　爸爸看了看儿子的宝贝钱币，其实那是一枚压变形的18世纪的旧便士。作为一名医生，他能理解儿子为什么会说出这些离奇荒诞的话来，这正是达尔文想象力丰富的表现。①

　　　　①关于达尔文儿时说谎话，达尔文自己解释说："我的思想在小时就不受束缚。"达尔文小时爱说谎话，长大后心里却充满了真理。

　　可爸爸又担心达尔文的前途，这个孩子太不定性了，一定要想办法管管他。

16

　　一天，爸爸把达尔文叫到身边说："我为你找好了学校，明天送你去上学。"

　　达尔文回答："我在博物馆里的实验还没做完，我正在研究给植物注入一种'秘密液体'，让它开出的花能改变颜色。我不去上学，别人家比我大的孩子还没有去读书呢。"

　　爸爸严肃地说："如果你还想'玩'房间里的东西，就必须去上学。"

　　爸爸这一招果然灵验，达尔文不敢吱声了。

　　1817年3月，达尔文和妹妹一起进了当地一所私立学校。学校里只有一位老师，是一个牧师，他用《圣经》做教材，给学生讲些传说中的神话故事。

　　听完老师讲的课，学生们不会去考虑是地球孕育着各种生命，不会去想草原为什么会长草，骆驼为什么会成为沙漠之舟。老师教会一代又一代的人去感谢上帝的恩赐，成为虔诚的教徒。

　　课堂上的达尔文不是一个听话的孩子，老师的课讲得太枯燥了，他拿出兜里的"宝贝"摆弄起来。这是一块他刚从海边捡到的死鱼皮，让他从森林联想到大海，让他感觉到生命无处不在，让他认识到生命是那么的神秘。

　　达尔文越想越激动，竟然忘记了自己是在课堂上。老师发现了，对他说："请你背诵出《旧约全书》里的创世纪。"

　　达尔文恳求道："老师，别让我背创世纪了，我给您

讲上帝创造鱼和其他海洋动物有关的事情吧。您知道我手里拿着的这是什么东西吗？这是上帝用尘土创造的最早的那条鱼身上的皮，上帝捏完鱼的形状，向它吹了一口仙气，鱼就活了，这条鱼生了好多条小鱼后，累死了。"②

老师被他的回答弄懵了，他也像学生们一样睁大眼睛看着达尔文手里的鱼皮。达尔文接着说："上帝还将赐给我一块金光闪闪的宝石。"

老师问："你怎么知道？"

达尔文回答说："上帝无所不在，他昨天晚上在我的博物馆里对我说的呀！"

老师被他的话搞得更糊涂了，心想：这个孩子一定是思维有问题，一定要耐心开导他。

其实达尔文讲的话是即兴编出来的，可是他的博物馆却因此吸引了同学们的兴趣，常常有同学主动想来参观他的博物馆。达尔文也愿意将自己珍藏的宝贝拿给同学看，他说自己是博物馆的馆长兼讲解员。

日子一天天过去了，达尔文更不喜欢读《圣经》了，常常从爷爷的书架上把一些书偷出来拿到课堂上读。《鲁滨逊漂流记》、《格利佛游记》、《世界奇观》等一些有趣的书，把他带到了一个新的思维世界里。

达尔文在日记中写道："有一天我也会像书里的主人公一样，去欣赏大自然的风光。"③

然而，这个想法却只能埋藏在心里，因为老师对他的学

习成绩很不满意,已经几次找到他的父亲汇报他在课堂上的不务正业了,他的谎话也几次被家人当面揭穿,没有人能理解他的心愿。

⑦《圣经》中说了上帝创造万事万物的过程,达尔文小时借助这个说法编谎话,长大后,他把这个可笑的说法攻破了。

⑧达尔文想方设法地逃避枯燥的学校生活,他欣赏诗歌,陶醉在阅读游记的快乐中,去外面的世界远游成了他最大的愿望。

新来的寄宿生

妈妈去世后，家务活全都落在了二姐卡罗琳身上。

随着达尔文的爱好越来越广泛，被请回家里来的"客人"也越来越多。

一天，卡罗琳在收拾房间时，一条小蛇从达尔文的博物馆里爬出来，吓得她跑到爸爸面前哭了起来。

爸爸为达尔文在学校里学不到什么东西担忧，如何才能改变他的学习环境呢？

1818年夏天，达尔文和哥哥伊拉兹马斯被送到希鲁斯伯里中学读书。①

离开私立学校，达尔文最舍不得好伙伴莱登了。尽管同学们对他的博物馆很感兴趣，但只有莱登能与他进行沟通，他心里默许莱登做他的实验助手。离开私立学校过寄宿生活，将很少有机会见到莱登，达尔文心里很不是滋味。

新学校主要学习古代语言、拉丁文和希腊文，达尔文喜欢的数学课却教得很少，自然科学和现代语言课程根本就不教，老师考查学生的成绩只是看书写和背诵能力如何。

达尔文的哥哥伊拉兹马斯比达尔文大两岁，长得白白净净的。当爸爸把他们哥儿俩带去见希鲁斯伯里学校的校长时②，

校长打量着达尔文说:

"你们是亲兄弟?"

哥哥说:"是的,他是我亲弟弟。"

校长说:"太不像了,看看你弟弟的手,这手上怎么……"

> ①希鲁斯伯里中学是英国最好的十所中学之一,在这个学校里,曾培养出许多杰出的人物。
>
> ②巴特勒校长是一位很优秀的年轻人,他十分注重古典文学、拉丁文、希腊文等课程。

原来,达尔文手上的伤是他穿山越岭收集标本时划破的。达尔文每次发现鸟蛋时,都不忍心把蛋全部拿走,为了不让鸟妈妈伤心,每次只取走一个蛋。达尔文在收集昆虫时更表现出仁慈善良的一面,他不忍心用大头针扎住昆虫,更想不出用什么好办法把它们弄死,他只好去找那些死去的昆虫,找死昆虫要花费很长时间,要下很大的功夫。

来到寄宿学校后,达尔文最大的愿望就是盼望学校早些放假③,那样他就可以回到自己的博物馆里工作了。他曾钻学校每两周点一次名的空子,偷偷跑回家里去作实验。他对自己在学校学的功课要求并不高,只要能通过考试就可以了。

渐渐地,校长和老师发现,达尔文成绩并不是很理想,思维也很不正常,有时听完老师讲的课,脑海里还是一片

空白。

老师们又发现，达尔文并不是一个笨孩子，他对校外一位老师讲的欧几里德几何课中的一些定理，学得最快。

不过，来寄宿学校后，也有一件让达尔文高兴的事，他学会了使用晴雨表上的游标，因为他的实验室里正需要这种仪器！

③达尔文对学校里的课程不感兴趣，他满脑子装的全是他的博物馆和大自然中的花花草草。

小 小 骑 手

达尔文是个怪学生，课堂上老师让背诵贺拉斯和维吉尔的诗篇，每次为了应付老师，他都靠死记硬背蒙混过关，然后很快就全忘了。但对莎士比亚、乔叟和弥尔顿的作品，他却有无比的兴趣，只要读一遍，就能背诵出其中的内容。

达尔文还喜欢读一些游记，常常陶醉在阅读的快乐里。游记让他找到能逃离学校枯燥生活的办法，这样他就可以一个人外出远游，并收集矿物和昆虫的标本。

寄宿学校的日子过得很慢，好不容易盼来了第一个暑假。

爸爸拿着他们哥儿俩的成绩单说："伊拉兹马斯是上等生，达尔文是中等生，我担心你这样下去只会变成落后生啊！"

爸爸的话让达尔文心里很不是滋味，可他马上又忘记了，因为他早就计划在暑假里学会骑马，现在，他的计划就要实现了。

在爸爸眼里，达尔文并不是一个勤奋上进的孩子。当时，学习古文化知识被认为是绅士的标志，希腊及拉丁文学在绅士阶层中盛行，爸爸和老师督促达尔文学好这些功课，是为他的前途着想，而达尔文却全然不领会这些。

因为与爸爸和老师不能进行更好的交流，达尔文心里很压抑，决定到大自然中寻找自由。①

达尔文家里养着一匹可爱的白马。还在妈妈活着的时候，达尔文就对这匹马特别地偏爱，他和白马早就成为好朋友了。

射猎场是一些富人常光顾的地方，很少有像达尔文这样小的孩子来玩。

达尔文牵着白马在射猎场一出现，就引来许多注视的目光。

然而在他上马时出现了尴尬的一幕。他放下马缰绳，两手搭在马背上，双腿一起往高处跳，可就是跳不到马背上。

他又找了一块高坡，让马儿站在坡下，自己站在坡上。马儿又高又大，而他的个子又矮又瘦，脚下的高坡也帮不了他的忙。

达尔文无奈地向四周望着，他多么希望能来一个人将他抱到马背上啊！

人们各忙各的，好像并没人注意他。

突然，达尔文想到了一个好办法，他牵着马向一棵大树跑去。到了树下，达尔文放开马缰绳，马儿听话地站在树下，他迅速爬到大树杈上，然后猛地向下一跳，正好落在马背上。

"好，好，这孩子真聪明。"

一抬头，达尔文看见一伙人，正在前方不远处望着自己。

"小孩，你是谁家的，为什么就你一个人来打猎？"

"我是医生达尔文家的孩子。"达尔文不想回答另外一个问题，是啊，他为什么就一个人来呢？本来哥哥说好一起来的，但爸爸为哥哥找好了补习班，听话的哥哥学习去了；还有小妹妹，她是争着要来的，可是在他没有学会骑马之前，是不能带小妹妹来的；爸爸每天在诊所从早忙到晚，也根本不会有时间陪他玩。

"哦，你是达尔文家的小少爷，你用这个方式骑到马背上真是太聪明了。"

爸爸作为一名医生，在这里很有声望，只要一提到他的名字没有人不知晓。同达尔文搭话的，是这里的一个乡绅，也是爸爸的一个好朋友。

坐在马背上，达尔文一下子便把以前在家里和学校里的不愉快全都忘记了，他感觉自己是世界上最幸福的人。

很快，达尔文和猎场上一些大人交上了朋友，他们经常相约去远方打猎。这促使达尔文成为了一名出色的骑手和猎手，同时也成为了一位野外的博物学家。②

①达尔文喜欢到大自然中寻找自由，正是这种对大自然萌生的热爱，促使他一生都在探求科学真理。

②达尔文在骑马打猎的活动中得到了锻炼，这种锻炼为他以后的航海考察打下了基础。

实验室里的瓦斯

1821 年 12 月，一节早读课里，老师没收了达尔文的一个本子，上面有他刚抄写完的一首雪莱的诗：

> 播种吧——但是别让暴君搜刮；
> 寻找财富吧——别让骗子起家；
> 纺织吧——可别为懒人织锦衣；
> 铸武器吧——保护你们自己。

老师一看这诗，马上就发怒了，说："你竟敢把这样的歪诗拿到课堂上来读，真是不可救药！"

达尔文说："老师，我认为雪莱、莎士比亚和弥尔顿都很伟大，一样应该受人尊敬。"

老师说："你怎么能这么说，你会受到惩罚的。雪莱是个不信上帝、不敬国王、不爱祖国、诽谤政府、煽动造反的狂人，他的伟大之处何在？"

"老师，您还不能正确地理解雪莱，您还没有读懂他的诗。"

老师本想把达尔文吓住，没想到不仅没制服达尔文，却引发了达尔文的辩论，他的火气更大了，说：

"我不管你是谁的儿子，我一定要向校长申请开除你。"

达尔文想：如果学校将我开除，这正是求之不得的事。

他索性自己去找校长，可是校长却不接受老师的建议。

没过几天，达尔文又一次被叫到校长室里，这次校长真的生气了，他的脸色很难看。

原来，达尔文受哥哥的影响，爱上了化学实验，威廉·亨利的《化学问答》把他带到了一个神奇的世界里。

达尔文和哥哥把家里的一个木棚收拾干净，自己动手布置了一个化学实验室，他们买来了曲颈瓶、长颈瓶、试管、烧杯等器具，每天在实验室里忙来忙去，制造出种种气体和化合物。

达尔文的实验室引起了同学们的注意，特别是他们研究出气体和化合物后，在同学们的眼中，他们简直就是搞实验的"科学家"了，同学们还送给他一个"瓦斯"①的外号。

① "瓦斯"是气体的意思，特指各种可燃气体。

正当达尔文沉浸在作实验的喜悦中，一个好事的同学把他们的事情报告给校长，校长这回真的被他激怒了。

这天天气又阴又冷，达尔文和哥哥被叫到了校长的办公室里，一看校长的表情，他们就知道要有麻烦了。

兄弟俩小心地站在校长面前。

校长板着脸问："伊拉兹马斯，知道我为什么找你们来办公室？"

哥哥说："很抱歉，校长先生，我们知道自己错了，请相信我们一定会改的。"

　　达尔文却拉住哥哥的手问："哥哥，你为什么要说道歉的话？我不知道我们做错了什么事？"

　　校长说："我已经知道了你们的事情，达尔文，你说是不是哥哥把你带坏的？"

　　达尔文回答说："校长先生，您越说我越糊涂了，我们究竟做错了什么？"

　　校长说："不久前，你在课堂上顶撞老师，现在又弄有毒的化学药品，这么大的事你还想瞒我吗？"

　　达尔文说："哦，原来是这样，校长先生，请相信我们不是在玩有毒的化学药品，我们是在作实验。"

　　"看来我们学校又要产生一个波义耳或者戴维了？在我的印象里搞实验的人应该是知识丰富的成年人，而不是像你们这样的学生。"校长说。

　　达尔文听出校长话里的讽刺味道，镇静地说："我就是要做波义耳、戴维那样有名的科学家，我还想……"

　　不等达尔文把话讲完，校长打断了他的话，说："我不想听你的辩解，你们的父亲把你们送到这里，是让你们来接受教育的，不是让你们来作实验的！记住，回去马上把落下的功课补回来，不然我就开除你们，让你们的父亲把你们接回去，尽情去作实验吧！"

　　达尔文本还想跟校长理论一番，被哥哥硬拉着往外走，哥哥劝他说："这段时间爸爸身体不太好，不能让他再为我们伤心了。"

　　哥哥从小就是听话的孩子，受到校长批评后，再也没进

过实验室，可达尔文却还是一有时间就往实验室里钻。只是这次他谎称自己不再作实验了。这一招果然灵验，同学们不再往他的实验室里跑了，但还习惯地称他为"瓦斯"。

尽管兄弟俩在众人面前改正了"错误"，但在一个早祷课堂上，巴特勒校长还是当着全校师生的面训诫了达尔文："达尔文同学不务正业，搞实验浪费时间，如果还不知悔改，学校马上就会开除他……"②

爸爸知道了兄弟俩在学校发生的事，并没有特别为达尔文担忧，他认为达尔文喜欢作实验，如果有一天能继承他的职业，一定会成为很好的医生。

不过，达尔文并没有像爸爸那么想，他还在做他的"瓦斯"梦！

②校长想以此制止达尔文作实验，而达尔文却没有因此而放弃。

直面人生

ZHIMIAN RENSHENG

　　舅舅是他生命里几次重大转折的决策人，也是家里第一个支持达尔文从事科学研究的人，教会他认识自己，鼓励他直面人生！

知 心 朋 友

校长最终还是没有下狠心开除达尔文，他对达尔文的老师说：

"罗伯特·达尔文医生年事已高，一个人带几个孩子不容易，如果开除了达尔文，就会耽误这个孩子的前途，咱们想办法让他的成绩赶上来，争取毕业。"

老师听了校长的话，对达尔文的要求变得不那么苛刻了，达尔文的拉丁文成绩也渐渐好了起来。

1825年夏天，达尔文在希鲁斯伯里中学毕业了，他终于自由了。

眼下达尔文最想做的就是到快乐的梅庄去。①达尔文从小就通过母亲的谈话，对梅庄有了很好的印象，高高的院墙、大大的门牌、高大的榕树、茂密的树林、广阔的草地，这些美丽的景象常常在他的脑海里出现。

梅庄是距希鲁斯伯里20英里的一个小镇，那里有一座漂亮的豪宅，舅舅乔赛亚·韦奇伍德一家就住在这里。

舅舅是一个才华出众的人，一些杰出的文学家、科学家都是他的朋友。舅舅对达尔文特别地偏爱，他是所有长辈里唯一能理解达尔文爱好的人，是达尔文的知心朋友。②

母亲活着的时候，达尔文一次也没有去过梅庄。第一次去梅庄，是母亲去世后的两年，爸爸带他去舅舅家做客，达

尔文才有了和舅舅一家人最亲近的接触。

　　舅舅家有四个男孩、四个女孩，他平时很少和家里人讲话，好像总在思考问题，孩子们要想和他讲话必须鼓足勇气，但达尔文初到梅庄后就表现出了"野气"，让舅舅对他另眼相看。

　　达尔文和表兄弟姐妹相处得很好，特别是最小的表姐埃玛和他成了形影不离的好朋友。埃玛比达尔文大近一岁，娇小可爱，达尔文和她在一起玩时，常常忘了谁大谁小，总认为埃玛比他小两三岁。

　　从梅庄回来，达尔文和埃玛一直保持书信往来，埃玛的文化课很好，与埃玛通信，提高了达尔文的写作能力，他们之间也建立了深厚的友谊。

　　五年后，达尔文第二次来到梅庄，已经是个16岁的少年了，文质彬彬，个子也高大了许多。

　　埃玛拉着达尔文的手说："我带你去一个美丽的地方。"他俩一起游览了梅庄，两人之间滋生了一种超出亲情的感情，那种感觉是神秘的。③

　　①梅庄是一座漂亮的乡间宅邸，四周有茂密的树林和宽阔的草地，这是达尔文搜集标本的好地方，也是让他最快乐的地方。

　　②舅舅进一步培养了达尔文对植物学的兴趣，在达尔文人生初期的几个关键的转折点上，起到了重要的作用。

　　③埃玛懂得三国语言，她对达尔文帮助很大，后来成为达尔文的妻子，让达尔文拥有了一个多姿多彩的世界。

　　来到舅舅家的第一个晚上，达尔文记录了自己在梅庄游玩路上的所见所闻，舅舅看见达尔文纸上画着的苔藓图案说："没想到你对生物有这么浓厚的兴趣。"

　　达尔文说："这次来梅庄，是想在看望舅舅一家人的同时，在梅庄找到更多的动植物标本。"

　　舅舅拍着达尔文的头说："哦，你是来寻宝的，明天我再送你一件宝贝。"

　　舅舅走后，达尔文激动了许久，这份宝贝又会是什么呢？

得到了宝贝

谈到舅舅说的宝贝，使达尔文想起在他16岁生日那天，舅舅送给他的那本精装的《赛尔波恩》。这是一本关于自然界奇迹的书，达尔文真把它当作宝贝，看了一遍又一遍。

这回舅舅送给他的又会是什么宝贝呢？舅舅藏书那么多，一定会是一本书，达尔文越想越激动。

第二天早上，达尔文早早地来到舅舅的房间。舅舅把一个包装得很精美的小盒子递给达尔文说："打开看看，你一定会喜欢。"

达尔文小心地接过盒子，轻轻地打开，看见里面有一个做工别致的仪器。

"哦，这是气压计①，我以前在书上看见过它。舅舅，您真的送给我吗？"

> ①气压计，能测量出气体的压强，是达尔文得到的第一个实验仪器。

舅舅说："我不但要送给你气压计，还要带你去见一位大科学家。"

达尔文说："我猜，这位科学家一定是威廉·高尔顿，我早就听说你们俩是要好的朋友。"

　　达尔文望着舅舅，舅舅的眼睛和妈妈长得多像啊，还有他谈话说笑的表情，他的一举一动让达尔文感受到像和母亲在一起时的温馨和快乐。

　　舅舅把达尔文带到了威廉·高尔顿面前，达尔文太高兴了，他拉着威廉·高尔顿的手问这问那。

　　威廉·高尔顿没有把达尔文当成毛孩子看，而是把他当成有共同爱好的朋友，他用了一个上午的时间给达尔文讲解气压计上刻度盘的作用，讲解气压计的原理。

　　达尔文把自己所记录的一些有价值的资料拿给威廉·高尔顿看。

　　威廉仔细看后，对舅舅说："达尔文收集标本已经有一定的基础，并且观察到了一些有价值的细节。"

　　舅舅在一旁补充说："达尔文，我知道你不想学画画，但为了能更好地研究生物，你必须学画，必须让别人一眼就能看出你画的是什么，还要加强自己的语言表达能力……"

　　威廉说："有好的语言功夫，对一个从事研究的人太重要了。我有一本《莎士比亚戏剧故事集》送给你看，要想方设法地丰富自己的词汇，就从阅读名著入手。"

　　达尔文说："我很早以前就喜欢雪莱和弥尔顿的诗，从12岁起，我每天都要背一首弥尔顿的《十四行诗》。"

　　舅舅说："我的藏书里有你需要读的书，只要你喜欢，走时可以拿去，拿不了的话，舅舅可以用车帮你拉去。"②

　　感受到舅舅和大科学家对自己的关爱，达尔文眼睛湿润了。

　　他在日记本上写道：

　　我极度尊敬乔赛亚舅舅，虽然他沉默寡言，像一个很严肃的人，可有时候他也和我海阔天空，无所不谈。他是一个聪明的人，也是一个正直的人，我不相信世界上有什么力量能让他做出错事来。

　　夜深了，达尔文还在灯下摆弄着舅舅送给他的气压计，他想明天一定要通过实验把气压计的原理证明出来。他在心中感谢舅舅，舅舅成了他学习的榜样。

⑦达尔文接受了建议，想方设法提高自己的写作水平，开始读司各特的小说、雪莱等人的诗歌。读书丰富了他的词汇，为他以后发表学术论文奠定了基础。

难忘的地方

在梅庄,达尔文不仅得到了舅舅的关爱,他和小表姐埃玛的关系也越来越密切。

每当达尔文在舅舅书房里读书,埃玛会为他送去一杯热水,会帮助他查找资料并做记录。

当达尔文去河边钓鱼的时候,埃玛是他最好的向导。

一个阳光明媚的清晨,达尔文正在为钓鱼做准备,他找到了一条蚯蚓,想把蚯蚓拴在钓鱼钩上。

埃玛说:"不要这样对待蚯蚓,它太可怜了!"

达尔文说:"它不会有痛苦的,它的神经系统非常低下。"

埃玛说:"那我也不忍心看蚯蚓在鱼钩上挣扎的样子。"

达尔文说:"可若我的鱼钩上没有鱼饵,鱼怎么能上钩呢?"

埃玛从厨房里拿出一些盐水,把蚯蚓放在盐水里,蚯蚓很快就死去了。

达尔文说:"死蚯蚓怎能引起鱼儿的兴趣呢?"

埃玛说:"求求你,我相信你的能力,你用死蚯蚓也一定能钓到鱼的。"

达尔文从此记住了埃玛的话,从那以后,他钓鱼用的全是死蚯蚓,并且一生都没有改变。

一天,埃玛自言自语地背诵弥尔顿的《十四行诗》,达

尔文惊呆了，他握着埃玛的手说："没想到你也喜欢弥尔顿的诗？"

埃玛说："我不但喜欢背诵他的诗，还喜欢模仿写诗呢，让我背诵一首我刚写的诗给你听听……"

诗，成了达尔文和埃玛俩人关系的催化剂，他们的谈话内容也越来越丰富了。①

①弥尔顿的诗成了达尔文初恋时谈论最多的话题，达尔文此时也写了不少情诗。

时间过得真快，达尔文来梅庄已两个多月了，要准备回家了。埃玛为他打点行装，两个人在灯下谁也不说话，可又觉得有许多话要说，最后还是埃玛先说了：

"我相信你将来一定不会是个平庸的人。"

达尔文红着脸说："爸爸让我学医，可我不喜欢医生这个工作，我很为难。"

埃玛说："要对自己有信心，我相信你不会成为一个一事无成的人。如果你拿不定主意，你可以去征求我爸爸的意见。"

达尔文走进舅舅的房间，向舅舅汇报了两个月来的学习心得，对舅舅说：

"去年圣诞节的时候，爸爸和我谈要送我去爱丁堡大学学医。"

舅舅说："医生是一个很好的职业啊，你毕业后可以去菲尔德开个诊所，那里的人对你爸爸非常尊敬，你去那里开

诊所一定会有发展的。"②

达尔文说:"有哥哥继承爸爸的职业,我想继续学植物学和动物学,我要接着研究爷爷的植物学和动物学。"

舅舅说:"选择职业时,如果不考虑你父亲的感受,他会不高兴的。最好的办法就是一边学习医学,一边学习你所感兴趣的东西。去爱丁堡大学吧,那里开设生物学和生理学两门课,如果你以后想往博物学方面发展,没有生物学和生理学这两方面的知识是不行的。"

夜深了,达尔文还在和舅舅交谈着。舅舅的话在达尔文脑海里留下了深刻的印象,他决定听从舅舅的建议,到爱丁堡大学学习。

达尔文离开梅庄,把从舅舅书房里选出的书带在了身边,从此不论在哪里,他都会想起梅庄,想起舅舅,想起他和埃玛的故事。他把梅庄看成自己的家,梅庄也成了他后来梦里思念最多的地方。

从那以后,埃玛从梅庄寄给他的信,伴随着他在远方读书的日日夜夜。③

多年以后,当达尔文回忆起自己和梅庄的感情时说:"梅庄是我妈妈的故乡,也是给我向往、给我力量的地方,梅庄让我享受到了家的温暖,让我终生难忘。"

②达尔文的爷爷出生在菲尔德一个律师的家里,那里是他们的祖籍,他们家在那里很有名望。

③达尔文后来与表姐埃玛结婚了,成了梅庄的女婿。

学　医

1825 年 10 月，达尔文成了爱丁堡大学的一名学生，他还不到 17 岁，比规定入学的年龄小一岁多。

爱丁堡城曾经是苏格兰的首都，有着悠久的历史文化，这里又叫"北方的雅典"。它和古希腊的雅典一样，是一座名城，也是一个学术中心。爱丁堡大学被称为世界"医学博士的摇篮"。爸爸把他送到这里读书，是想让他成为一名优秀的医生。①

其实，对于学习医学，达尔文并不是十分地反感，过去的几年，只要一有时间，他就会去爸爸的诊所里帮忙，爸爸对病人的态度以及病人对爸爸的尊敬，让他很敬佩也很羡慕。他对学习医学充满了信心，梦想自己也会成为像爷爷和爸爸一样的好医生，能为更多的人治病。

来到爱丁堡后，达尔文制订了周密的学习计划，一心想给爸爸一个惊喜，他要用最好的成绩向爸爸汇报。②

达尔文在离学校很近的西恩街 11 号租了一间房子。房东麦凯夫人为人善良，她听说达尔文没有母亲，就对他格外关心。每当达尔文学习至深夜，她都会为达尔文加一顿夜餐，让达尔文在异乡感受到家一样的温暖。

在爱丁堡大学，达尔文选学了邓肯博士的药物学课程，亚历山大·门罗教授的人体解剖学课程，还有托马斯·霍普教授的化学课。

①苏格兰的爱丁堡大学久负盛名，达尔文的祖父、父亲都曾在这里读书。

②爱丁堡是一个学术的中心，这里为16岁的达尔文提供了一个研究学术的环境，他和一些专门从事科学研究的人在这里相识了。

老师们浓重的苏格兰口音让达尔文听着很别扭，可是他还是认真地听好每一节课。直到有一天，有了一次"可怕的回忆"后，他的学习观念开始动摇了。

那是达尔文来到爱丁堡大学后不久，他看到一个病人在这里接受治疗，仍没有逃过死亡的劫难。这里的医生对病人的痛苦束手无策，还把交不起药费的病人轰出门外，这让达尔文想到医生和病人的金钱关系，并开始怀疑这里的医学水平。

上"人体解剖学"课时，老师讲课的内容越来越枯燥；药物学课老师生硬的教学方法，更是让他无法接受。

没有办法，达尔文只好往图书馆里跑，去查自己喜欢的资料。在图书馆里他是快乐的，全然没有了课堂上的烦恼。

达尔文来爱丁堡时，哥哥在这里学习医学还差一年就要毕业，兄弟俩偶尔聚在一起吃饭。达尔文发现图书馆也是哥哥常常光顾的地方，并且也看一些和医学无关的书。

一天，哥哥对达尔文说："你整天学植物学和动物学方面的东西，为什么不努力争取得到一个医学学位呢？"

达尔文说："还是你去继承爸爸的职业吧！"

哥哥说："你会比我学得更好的，其实我对医学也感到厌烦，为了不让爸爸失望，你一定要好好学习。"

哥哥的话让达尔文感到惊讶，他没有想到哥哥竟和自己一样也对医学没有兴趣。可一想到爸爸对他们的期望，达尔文无语了。

达尔文清楚地知道自己来这里的目的，于是便忙着学习医学知识。他去图书馆的次数少了，去诊所的时间多了，通过和病人面对面的接触，获得了许多临床经验。

很快，达尔文成了学校诊所里的主要力量，特别是当他用大剂量的硫磺糖浆治好病人的腹泻，用吐酒石治好病人的呕吐后，他对自己将来成为一个好医生更有信心，还立下了要为更多的病人解除痛苦的志向。他在给爸爸的信中谈到了自己学习医学的感受，爸爸从他身上看到了希望。

第二年，学校开设了产科学、物理学和自然史三门课程，这些课程都是达尔文喜欢的。罗伯特·詹姆逊教授对矿物学、海洋动物学和鸟类都有很深的研究，并在大学里建立了一个自然史的博物馆。他的出现，让达尔文感觉像发现了一个"新大陆"，他们很快成了好朋友。

通过罗伯特·詹姆逊教授，达尔文又结识了一些与自己兴趣相投的学者，其中有罗伯特·格兰特博士和维利亚姆·马克·吉利弗雷博物学家。

罗伯特·格兰特是《动物学哲学》一书的编著人，当他得知《动物生理学——有机生命的规律》一书的作者是达尔文的

祖父后，跟达尔文谈论的话题也越来越多了。

一有时间，达尔文就和罗伯特·格兰特一起到海边收集海洋动物资料，他还得到了罗伯特先生送给他的"高级仪器"——显微镜。③

在维利亚姆·马克·吉利弗雷先生那里，达尔文学到了许多鸟类知识，还学会了制作鸟类标本的方法。

这个时期，达尔文对"进化论"的思想有了模糊的认识，甚至想有一天去巴黎学习"进化论"思想。眼下，达尔文没有忘记自己的承诺，把医学放在了首位，想通过与更多病人的接触，从实践中寻找行医的经验，学校的诊所依然是他义务工作最多的地方。

③在爱丁堡大学，显微镜成了达尔文拥有的一件值得炫耀的"现代化装备"，成了达尔文的宝贝。

手术室里的叫声

解剖学原理课堂上，需要做解剖尸体的实验。第一次走进实验室，达尔文心里难受极了。

解剖台上放着用福尔马林浸泡过的尸体，尸体面目清晰，散发着难闻的气味。

老师说："这具尸体是学校诊所里救治过的一个穷人，死者生前住在济贫院里，死后便成了学校里的教具……"

老师还在不紧不慢地讲着，可达尔文的心都要蹦出来了，只因为是一具无主尸就可以随便地拿来做实验吗？他的心在剧烈地颤抖，他不忍心看老师在尸体上用刀子划来划去，更不忍心听老师的讲解，他无可奈何地闭上了眼睛……

下课铃响了，达尔文第一个冲出教室，跑回寝室做的第一件事就是给爸爸写信：

> 这具躺在解剖台上的死尸，是那么可怜，他成了任人切割、任人摆布、任人开粗鲁玩笑的题材，这是我无法接受的！要知道他也曾是一个有血有肉的人啊，他也有爱亲人和被亲人爱过的经历，死后却落得这样的结果……

从此，达尔文再也没有进过人体解剖实验课堂，他不能再忍受那触目惊心的一幕了，但与此同时，他却对解剖动物有了浓厚的兴趣。

在落潮的水坑里，达尔文发现了一种特殊的海鱼，他和罗伯特·格兰特共同认为这是一条罕见的"海鲨鱼"，立即对这条鱼进行了解剖。整个解剖过程，达尔文都是兴奋的，他对鱼的内部器官，尤其是心脏和心瓣有了更具体的了解。

达尔文可以不上人体解剖课，但是他不能违反学校的另一条规定，学校要求医科学生必须观摩手术的全过程，这让达尔文又一次感受到手术的残忍和病人的痛苦。

在达尔文学习的教材上，印着一幅外科医生为病人拔牙的漫画。画面上，病人的眼睛用毛巾蒙住了，从下半张脸上完全可以感受病人痛苦的表情。他的牙用一根粗粗的绳子系着，绳子的另一端被医生紧紧地握在手里，医生脚蹬着病人的脸和前胸，身体使劲往后仰，以便把病人的牙拔掉。①

这幅画让达尔文体会到没有麻醉药给病人带来的痛苦。在那个时代，手术被医生们看作是一种不得已才选择的手段，许多病人宁肯被病痛折磨死，也不愿意接受手术治疗。

当时的医学还不发达，医生们常常给需要做手术的病人喝大剂量的酒，让病人在酒精的麻醉下，失去反抗的能力，病人醉得"睡着"时，就是手术医生进入手术的最好时刻。②

这些事情达尔文早就知道，但当他第一次观摩手术的全过程时，却仍不能忍受病人鲜血淋淋的痛苦惨状。

那是一堂汉弥尔顿教授讲的现场手术课，病人是一个两腿都患有严重骨髓炎的小姑娘。

小姑娘被迫喝了一大杯酒，两只眼睛被纱布紧紧地蒙住，

嘴里也被塞满了纱布,小姑娘被人按住四肢放在了手术床上。手术刀在她的腿上划下去,血流了出来,小姑娘发出痛苦的呻吟声,她全身开始抽搐,汗水不断从她的身上流淌出来……

真是太可怕太残忍了! 这哪里是在减轻病人的痛苦,这是在增加病人的痛苦啊! 达尔文"霍"地从座位上站起来,跑出教室外放声大哭起来。

他感觉医生的手术刀在割他的心,虽然离手术室很远,可他依然能听见小姑娘的惨叫声。

痛哭后的达尔文,发誓再也不上一堂手术观摩课了。制作动物标本时,他开始尝试用月桂树和夹桃叶的汁液对动物进行麻醉,他不想让自己的实验品也像小女孩一样挣扎和痛苦。

①虽然是一幅漫画,但是它表现的主题却毫不夸张。中世纪时,在欧洲充当牙科医生的人都是一些很有力气的江湖游医,许多理发师都兼做牙科医生,他们都没有经过正规的培训,能把病人的牙拔下来,就算是治好了病人的牙病。

②麻醉剂发明之前,做手术时,要用带子把病人绑到病床上。

这个时候,哥哥大学毕业离开了爱丁堡。哥哥的离开,让达尔文能用更多的时间去结识一些志趣相投的人。

达尔文和渔民们成了好朋友,渔民从海底打捞上来很多动物供他研究。他不仅由此全面掌握了珊瑚虫的情况,还对鱼在特殊分泌囊里产卵有了深刻的了解。

　　这个时候，达尔文已经成为普利尼学生自然史学会③的成员，每周二他都准时去学院地下室参加活动。这个学会是由詹姆逊教授在1823年创办的，有150名会员，罗伯特·格兰特是学会的秘书长。

　　不久，达尔文当选为学会理事会五个重要成员之一，他们每周聚在一起宣读和讨论自然科学方面的著作。

　　入会后，达尔文在《爱丁堡科学杂志》上发表了一篇关于毛虫卵的论文，并在爱丁堡学术会上进行宣读。

　　从自然史学会的记录册里看出，普利尼学会举办了19次会议，而达尔文仅缺席了一次。

　　也就是在那个时期，本来就被"强迫"学医的达尔文在思想上又一次动摇了。他说："我多么渴望有一种能缓解病人疼痛的麻醉药诞生啊，否则我不会再走进手术室一步。"

　　直到二十多年后的1848年10月麻醉药④问世，达尔文早已不再为是否做医生这个问题苦恼了。

　　③自然史爱好者组成了普利尼学会，达尔文经常同他们展开激烈的争论，普利尼学会使达尔文获得了许多知识和见解。

　　④1848年，美国医生威廉·莫顿成功地将乙醚（麻醉剂）用于病人的全身麻醉，以辅助医生的手术，从此有了麻醉剂。

再 别 梅 庄

　　1826 年夏天，达尔文和姐姐卡罗琳骑马到北威尔士旅行，他们从斯诺登亚地区到了梅里昂内瑟郡海岸。达尔文对海生动物的考察和研究，让姐姐相信眼前的弟弟再也不是当年那个惹她生气的淘气小孩了。

　　通过旅行，达尔文学到了许多地质学方面的知识，更加坚定了不学医的决心，他鼓足勇气对爸爸说："这两年在爱丁堡的时间白费了，我觉得继续在那里学习医学没有任何意义。"

　　爸爸被他的话激怒了："你整天做实验，为什么就不能把心思放在医学上呢？"

　　达尔文说："爸爸，我本来是不想让你伤心的，可是我不愿听解剖尸体的课，更不愿观摩手术课，爸爸，你就让我去学……"

不等达尔文说完，爸爸大手一挥，说："不学医学，就好好补习外文，准备去剑桥大学学习神学……"

这次不愉快的交谈后，达尔文骑马来到了梅庄。两年过去了，梅庄还是那个样子。埃玛出落得更漂亮了，她神采奕奕地坐在钢琴前弹奏了一首贝多芬的《英雄》，用优美的乐曲欢迎达尔文的到来。①

达尔文见到了舅舅，把在爸爸那里受到的"委屈"讲给舅舅听。

达尔文说："我真的不能继续学习医学了，可我对神学也不感兴趣，为什么爸爸就不让我去学自己喜欢的专业呢？"

舅舅说："不要怪你爸爸，你爸爸不认为你是在学习，他是在为你的前途着想，是对你负责啊！"

达尔文说："舅舅，求求你，帮我劝劝爸爸吧，让我去学习神学不也是在白白浪费时间吗？"

舅舅说："你的这个想法是不对的，学了神学，可以做一名牧师②，可以继续探索自己的爱好。哥白尼、布鲁诺、康帕内拉、牛顿不都学过神学并且担任过圣职的吗？神学和科学之间有相通的知识值得你去研究，你可以不把神学看作是自己一生奉献的职业，但是你可以从神学走向科学。"

达尔文和舅舅的这次谈话，又一次扭转了他的思想，他决定接受舅舅的建议，服从爸爸的安排，去基督学院学习神学。

接下来的日子，埃玛为达尔文补习拉丁文和希腊文，通过几个月的学习，达尔文的水平完全可以通过入学考试了。

又到了与梅庄说再见的时候了，要离开舅舅了。最难受

的还是与表姐埃玛的分别，达尔文不知道怎样说"再见"！

那是临别前的夜晚，在埃玛的房间里，达尔文手里端着一杯葡萄酒，坐在他身边的埃玛正深情地弹奏着贝多芬的《命运》。

达尔文如醉如痴地沉浸在音乐声中，埃玛说："看我演奏时，你就像一个疯子。"③

①贝多芬的《英雄》是以英雄为象征，抒发了对革命、对资产阶级共和制以及对人民群众英雄主义的热情歌颂，这首交响乐被誉为音乐史上一个新的里程碑。

②牧师：新教的一种神职人员，负责教徒宗教生活和管理教学事务。

③听美妙的音乐让达尔文心旷神怡，可是达尔文却是个乐感很差的人，让人遗憾的是他连低声哼唱几节乐曲都做不到，但是他一生始终保持着对音乐的热爱。

达尔文说："我的全部身心都沉浸在贝多芬大师的激情与理想中，音乐中，有我幻想的明天，在我的明天里，我看见了你的身影。"

埃玛说："你的明天一定会是美好的。可现在我很烦恼，向我求婚的人络绎不绝，这让我很为难。"

达尔文说："求婚？你才19岁，就要谈婚论嫁，也未免太早了点吧？"

埃玛的脸羞红了，达尔文不理解她说这话的意思。她又弹起另一首深情的乐曲。

不知什么时候，舅舅出现在房间里，对他们说："夜已经很深了，都该休息了。你们俩一个18岁，一个19岁，学业还没有完成，事业还没有基础，还不到考虑婚姻的时候。我不反对你们的交往，但眼前，最重要的还是要完成学业。"

舅舅的话说得太直白了，让埃玛和达尔文都没有心理准备，他们默默地站在舅舅的身边，没有言语，不用表白，却能听见彼此的心跳声。

嘴里的甲虫

1828年1月8日，达尔文成了英国剑桥大学的一名神学学生。

剑桥大学创立于1209年，是英国著名的大学。学校里共有14个学院、3个会馆。达尔文所在的基督学院和别的学院从建筑上看有所不同，教学楼高大雄伟，色彩选用深色调，让人一来到这个环境，就感觉到庄重和压抑。①

①剑桥大学坐落在英国南部的剑桥城内，离剑河很近，是一所世界名校。

小时学习《圣经》留下的记忆太令人难忘了，现在又要学习神学，一想到自己要在这里度过3年的时间，达尔文心里就充满了痛苦。

达尔文的堂兄威廉也在这个学院里，威廉是个性格开朗、爱好广泛的人，他也特别喜欢自然科学。

达尔文来到学院后的第一个晚上，堂兄就领着他去了学院的音乐小组。达尔文从埃玛那里学习了一些音乐知识，这里的音乐又让他产生了兴趣，他开始学唱英文歌曲，学弹风琴乐曲。他常常把乐曲的原创者名字弄错，歌唱水平很差，但这丝毫没有减少他对音乐的爱好，这种爱好伴随了他一生。

他还和堂兄参加了学校里的骑马俱乐部，俱乐部一周活动一次。每次出游的头一天晚上，达尔文都把猎枪和猎靴放在床边，第二天早上总是第一个出现在马场。

达尔文打猎的本领越来越高，通过打猎，他对动物产生了一种特殊的爱，看到一些珍稀动物濒临灭绝的时候，他为自己残杀动物而内疚。所以，在生命最后20年里，他成了第一个站出来阻止打猎的人。

达尔文还时常请好朋友们一起喝酒，酒量越来越大，后来他成了品酒的"专家"。

爸爸知道达尔文的酒量后说："学喝酒是男人走向成熟的一个标志，但过量饮酒又会伤害身体。酒精能让人快乐，也能让一个人身心不健康。"

刚来神学院，达尔文给自己制订了学习计划。利用晚上的时间，他认真阅读了《论教义》、《基督教教义证验论》、《伦理论》、《自然神学》等神学书籍，还翻译了一些希腊文的《圣经》。看这些书花费了他好多时间，然而并没有激起他对神学的兴趣。

通过学习，他了解了当年伽利略在神学院里的遭遇，还有哥白尼和布鲁诺，不都是经历过神学的诽谤和攻击吗？

渐渐地，他对一日三次的祷告失去了信心，《四福音书》中让他怀疑的地方更多了。《圣经》为什么要说圣母玛利亚的单性生殖繁衍了人类呢？还有耶稣身上产生的种种奇迹，那都是真的吗？

为了应付考试，达尔文强迫自己去记一些东西，邮到家

里的成绩单总是让爸爸很满意，可爸爸不了解，达尔文真正的兴趣是在甲虫身上。他和堂兄拟定了一份向甲虫"进军"的计划。堂兄做助手，他们一次次去野外收集甲虫的标本，给不同品种的甲虫取不同的名字。②

达尔文在日记里写道：

> 有一天，我剥去一层老树皮，看见两只罕见的甲虫，我一下子就捉住了它们，可是这时我又看见了第三只甲虫，我舍不得把捉住的放走，就把右手的那只放进了嘴里。哎呀，它排出一些极其辛辣的液汁，烧痛了我的舌头，我不得不把它吐了出来，它跑掉了，而第三只甲虫也没有捉到。

一连跑掉两只罕见的甲虫让达尔文遗憾，但是他嘴含甲虫的故事却流传下来，成为千古佳话。

在詹姆斯·斯蒂芬斯出版的《不列颠的昆虫图解》一书里，就记载着达尔文总结出的两种收集甲虫的最好方法：一是在冬天剥开树皮找到甲虫；二是收集船底的沉积物，能找到罕见的甲虫。在这本书里绘制的甲虫图案下面，清楚地写着"查尔斯·达尔文先生采集"。

②甲虫：鞘翅目昆虫的统称，身体外部有硬壳，前面是角质，厚而硬，后面是膜质，如金龟子、天牛等。

良师净友

来到神学院不长时间，达尔文认识了著名的休厄尔博士，他是三一学院院长，也是达尔文成长过程中一个关键的人物。

第一次站在这位博士面前，达尔文便说："我喜欢生物学、自然科学，却要来这里学习神学。"

博士说："将来做一个牧师的确委屈了你。"

达尔文说："我想放弃在这里的学习，可是爸爸的反对态度却是生硬和坚决的。"

博士说："我是主张科学和神学可以并存的人，历史上很多杰出的人物，他们既是伟大的科学家，也是一名神学家。"

以类似的话激励达尔文的，还有一位叫亨斯洛的教授[1]，他在一次与达尔文的谈论中说道："科学和神学表面看是水火不相容的，可实际是相通的。当你研究植物进入到一个境界里的时候，你就会感叹上帝的设计太奇妙了。"

达尔文问："上帝先创造了花，还是先创造了昆虫？"

教授说："这个和先有鸡还是先有蛋的争论是一个话题，年轻人对事情的疑问越多越好。一切现象都可以科学地做出解答，关键看你有没有解决问题的恒心和毅力。"

教授送给达尔文两本书，一本是天文学家约翰·赫瑟尔的《自然哲学的初步研究》，另一本是亚历山大·洪保德的《美洲旅行记》。[2]

　　读这两本书，达尔文就像跟随作者来到猛兽出没的原始森林，欣赏着美丽的风景，经历了古怪的事件，发现了许多新问题。这些书为达尔文打开了认识外面世界的一扇窗户，他仿佛来到了特那利费岛火山，看见了许多种类的热带植物，欣赏了那里的芭蕉和棕榈，那里有清新的空气，数不清的动植物；那里没有奴隶制度，没有剥削和压迫，是世外桃源，是人间的天堂。

　　此刻的达尔文是快乐的，他在睡梦中看到自己生活在一个树木参天的地方：百鸟在枝头歌唱，昆虫在草丛里嬉戏，大雁在头顶低徊，河里的鱼儿跳跃着，美丽的埃玛穿着一件美洲虎皮做的新衣服，篝火映红了她的脸庞，他们幸福地依偎在一起，说着亲昵的话语。

　　从梦中醒来，达尔文给埃玛写信：

　　　　刚刚读完对我产生重大影响的两本书，这两本书激起了我强烈的愿望：请你将来陪我去天涯海角旅行，共同享受生命的喜悦，共同走完人生之旅！

　　读完这两本书，在亨斯洛教授家里每周举行的聚会上，达尔文提出的问题越来越尖锐，越来越让人无法解答了。

　　有一天，教授在解答完达尔文提出的问题后说："我从来就没有看见过像达尔文这样的学生，达尔文身上的某种特点，是许多同龄人不可比拟的。"

　　达尔文说："谢谢教授的夸奖，能和你们结识交往是我

最大的幸福,我将用自己菲薄的力量为建立自然科学的大厦做一点贡献。"

　　亨斯洛教授家里的集会,启发了达尔文的思想,激发了他的雄心。他和教授的关系也越来越亲密了,两个人几乎天天在一起散步、交流,以至于当人们在大街上看到达尔文时便说:"他就是常陪亨斯洛教授散步的那个人。"③

　　"陪教授散步的人"成了达尔文在剑桥大学新的名字。亨斯洛教授在植物学、动物学、矿物学、昆虫学、地质学和化学方面都有深入的研究,他为人热情奔放,他在把自己的学问传授给达尔文的同时,也把做人的品德潜移默化地传授给了达尔文。

①亨斯洛教授（1796～1861）,英国的植物学家、地质学家,与达尔文有着父子般的情谊。

②亚历山大·洪保德（1769～1859）,德国自然科学家和地理学家,近代地质学、气候学、地磁学、生态学创始人之一。他的考察笔记激起了达尔文强烈的旅行愿望。

③亨斯洛教授使剑桥大学再度兴起制作植物标本的热潮,唤起了人们对科学的重视。与他的结识和交往,激发了达尔文为科学奉献一生的渴望,让达尔文成了对大自然美最敏感的人。

最好的"说客"

1831年，达尔文通过了剑桥大学的毕业考试，可按校方规定，他必须再过两个学期才能获得神学士学位。这段时间，达尔文选学了植物课和地质学课。

在地质学课上，塞奇威克教授①讲课时说到这样一件事情："一个地质工人在搞勘探时，掀开冰河时期的表面地层，竟在一个沙坑里找到了古生热带贝壳。"

达尔文站起来说："如果教授你讲的事情是真的，那么将是地质学真正的悲哀，因为这推翻了人们以往的认识。"

达尔文的话让教授惊喜，因为能说出这样话的人一定是读了不少书，才能认识到科学是由许多有规律的事实构成的。

课堂上的这次表现，为达尔文获得了一次野外"考察"的机会。1831年夏天，达尔文和塞奇威克教授一起去北威尔士进行地质考察，他们从剑桥出发，沿途经过塞文河和坎布连山区。

塞奇威克教授是一位优秀的野外考察家，为了测试达尔文的胆量和工作能力，教授让他离开考察队，凭着指南针和地图，独立走过斯诺卡地区，在巴茅茨汇合。这次体验为达尔文以后的考察工作奠定了基础。

在塞奇威克教授的指导下，达尔文学会了采集岩石标

本，标出了岩石标本的层理，学会了分析地质情况。

考察回来，姐姐告诉达尔文，爸爸已经和利奇菲尔德大主教联系好了，计划在下个复活节授予达尔文教堂副主祭的职务。

如果说学习神学还能勉强接受，而对爸爸此时的这个安排，达尔文是绝对不能接受的，他决定面见爸爸。

1831 年 8 月 23 日，达尔文回到家里，亨斯洛教授的信已早他两天寄到了。

亨斯洛教授在信中说，海军部想找一位博物学家随同英国军舰去考察，他认为达尔文是最合适的人选……

本来达尔文有许多话要跟爸爸说，读了亨斯洛教授的信，达尔文什么也不想说了，他拿着教授的信，站在爸爸面前。

爸爸说："学校寄来的成绩单让我很满意。"

达尔文说："爸爸，那成绩是为了应付考试取得的，其实我的兴趣不在神学上。"

爸爸说："你已经22岁了，天性善良忠厚，牧师是你最好的职业。"

达尔文把亨斯洛教授的信交给了爸爸。

看过信后，爸爸很不高兴地说："我不管这位教授如何赏识你的才华，你是我的儿子，我坚决反对你去做这份冒险的工作……"

爸爸越说越激动，达尔文与他说什么也听不进去，达尔文流着泪跪在爸爸面前。

爸爸说："我是不会动摇的,除非让一个头脑清醒的人讲出你去的理由,否则我是不会同意的。"

爸爸的火气太大了,可达尔文还是从他的话里看到了一线希望。他一面给亨斯洛教授写信联系远航的事,一面寻思究竟去哪儿才能找到一个"说客"呢?

达尔文陷入了痛苦之中,朦朦胧胧地感觉埃玛来到了他的身边,帮他轻轻拭去眼角的泪滴。

"好埃玛,快帮我想想办法,在爸爸心里,谁能有威信呢?这个最好的'说客'在哪里呢?"

想起埃玛,也就想起了舅舅,对呀,舅舅是最爱自己的人之一,为什么不去问问舅舅呢?

来到梅庄,达尔文向舅舅表达了自己渴求知识、热爱科学的愿望,舅舅决定亲自去希鲁斯伯里做他爸爸的工作。②

①塞奇威克(1785~1873),英国地质学家,多次到英国各地考察。1831年的假期里,他带着达尔文考察,使达尔文对地质层的构造研究产生了浓厚的兴趣。

②随"贝格尔"号远航,是达尔文一生中最重大的事情,可这件事是舅舅与他一起坐了30英里的马车来到希鲁斯伯里,做爸爸的说服工作后,爸爸才答应的。

舅舅连夜写了一封信,吩咐仆人先送到达尔文爸爸那里。信里,舅舅回忆了达尔文妈妈生前的情景,明确表达了如果妹妹活着的话,一定会为儿子能去参加英国军舰的航

海而高兴。信尾，还郑重提到了妹妹的临终遗言……

读完这封信后，爸爸彻夜难眠想了很多，想起了逝世多年的妻子，想起了失去母爱后的达尔文成长的一幕幕……

当达尔文和舅舅驾着马车回来时，达尔文的爸爸已判若两人，他问达尔文："这次你出去航海要用很多钱吧？"

达尔文说："在海上有足够的食物就可以了，我会节省每一分钱的。"

爸爸说："傻孩子，我可以为你航海提供充足的费用。"

达尔文又一次激动地跪在爸爸面前。

爸爸扶起他说："你妈妈临终前对我说你很聪明，要我对你严格要求……"

说到妈妈，达尔文又一次流泪了，如果妈妈现在还活着该有多好啊！

达尔文一遍遍说着感谢舅舅的话，舅舅却说："这次的'说客'不是我，你妈妈才是真正的'说客'！"

"妈妈—妈妈"，达尔文站在妈妈墓前深情地喊着，他要告诉妈妈，自己就要去远方航行了，他就要成为一名真正的科学工作者了！

远航生活

YUANHANG SHENGHUO

　　他登上了"贝格尔号"，开始了长达五年的远航考察，一次次地冒险，一次次地痛苦与狂喜，让他成为英国人的骄傲，让他成了世界的巨人！

"贝格尔号"梦

"贝格尔号"是英国皇家军舰，曾在菲利普·金普林格尔、斯托克斯和罗伯特·菲茨罗伊三位舰长的指挥下，完成了5年的远航工作。这次受英国女王派遣去南美海域绘制航线图，考察和测量火地岛的南岸，对南海各岛屿进行探访，由罗伯特·菲茨罗伊担任舰长。①

①罗伯特·菲茨罗伊（1805～1865），英国海军军官，海文地理学家和气象学家，他发明了"菲茨罗伊气压计"，后来人们根据他的发明开发了天气预报。

罗伯特·菲茨罗伊1805年出生在一位著名的将军家庭里，别看他只比达尔文大4岁，却有着传奇的经历。他14岁就加入了海军，23岁做了上尉，曾随同"贝格尔号"考察地质3年。

他对随同考察的每一个成员的要求都很苛刻，他能允许达尔文登上"贝格尔号"吗？

1831年9月5日，达尔文和菲茨罗伊第一次见面，懂得相面术的舰长，总是根据人的身材和面貌来判断一个人的性格和能力。

当达尔文站在他面前时，他说："成千上万的年轻人都很

喜欢盲目地外出探险，其中有许多人去了就再也不能回来了。"

达尔文说："能随同您一起去探险，是我向科学迈出的第一步，我有能力面对困难，我相信在探险中得到的快乐要比忧虑多。"

舰长说："您说的每一个字都是真的吗？我很在意伙伴能否长期风雨同舟，如果您不能配合我以后的工作，我们还是尽早各奔前程吧。"

达尔文拿出他的考察日记说："我曾有过一次考察的经历，知道考察并不是一件容易的事，但从喜欢上这个职业的那天起，我就把自己的生死置之度外了……"

达尔文每说一句话都那么坦诚，每一个计划都讲得头头是道，舰长终于批准他正式成为"贝格尔号"的一员了。

达尔文被分到紧挨舰长的一个船舱里，舱内宽敞明亮。

接下来是为远航做准备。在一位参加过远航的旅行家指导下，达尔文开始购物，他花50英镑买了一支非常好的背枪和一箱子弹，花5英镑买了一个望远镜和一个指南针，然后开始学习如何确定经度和纬度。至于其他要携带的物品，由埃玛为他准备。

1831年12月24日，达尔文来到梅庄，埃玛依然用琴声默默地为他祝福。埃玛已经23岁，出落得婷婷玉立。达尔文多想拉着她的手，跪下来郑重向她求婚啊！可是一想到将要开始的远航，他不能让埃玛在漫长的等待中打发日子。

在埃玛充满深情的眼神里，达尔文读懂了好多东西，他说："我现在还不能挣钱养活自己，更不能给你一份承诺，

但是你能给我两年时间吗？"

埃玛点着头，他们的爱已经在彼此心里深深扎下了根，不需要任何的海誓山盟！

12月27日，在众多亲友的祝福声中，"贝格尔号"起航了，达尔文远航的梦终于实现了！

"再见了，亲人，没有我在身边的日子，希望你们幸福平安！再见了，爸爸，谢谢您的支持，我一定会为达尔文家族争光的，我会节约每一分钱，期待完成这次考察工作时能与您共同分享成功的喜悦！

再见了，舅舅，感谢您对我的爱，我多想叫您一声'爸爸'啊！相信那一天就要到来！再见了，埃玛，你的琴声已深深印在我的脑海里，你将与我身心相随，有你的思念陪伴，我就是世界上最幸福的人！"

旅行者日记

晕船成为"贝格尔号"上所有人的第一反应，达尔文打开一本崭新的日记本，在上面写着《航海日记》：

> 我真的以为自己快要死了，一阵阵的干呕太痛苦了，那滋味使我感到像是肠子或者胃撕裂了。

从此，这本日记伴随着他考察的日日夜夜，记录着他的欢欣与失落。①

> ①"贝格尔号"上的一名画家画了一幅描述船上生活的画，画面上船颠簸得很厉害，船员们正在舰长的带领下学习《圣经》。

达尔文挣扎着来到甲板上，用手捻起甲板上的灰尘，仔细地看着，"哦，这不是普通的灰尘，这是岩石灰啊，只可惜太少了。"

达尔文向四周张望着，想找到更多的岩石灰，终于发现在桅杆上面还有，他向桅杆爬去，水手们都屏住呼吸看着他的一举一动。

菲茨罗伊站在甲板上大声喊着："达尔文，快下来，这太危险了！"

达尔文说："舰长，我在岩石灰里发现了生物存在。"

　　舰长被达尔文的话搞糊涂了："快下来，在这一望无际的海上，哪里有什么岩石灰啊，更不会有什么小生物。"

　　达尔文从桅杆上下来，手里沾了更多的岩石灰，他向舰长汇报了自己的新发现："我确定这种岩石灰是从南美洲吹过来的，可是这些小生物为什么会躲在里面呢？我一定要解开这个秘密。"

　　达尔文的话引起了舰长的兴趣，他命令船上的水手赛姆斯·科文顿做达尔文的实验助手。有关这位助手，达尔文在日记里这样写道：

　　　　科文顿性格很古怪，刚一开始我并不十分喜欢他，认为他做我的助手并不合适，但是他学习的悟性很好，对猎枪的使用很在行，特别是动物标本做得非常专业，他为我分担杂事，让我节约了不少时间，成了我最好的助手。

　　有了助手陪伴在身边，达尔文工作方便多了。1832年1月5日，他们到达了特纳里费岛，这个岛是达尔文千百回梦里想见到的。他就要经历当年洪保德描写的那些惊心动魄的场面了，可靠近这个岛屿却不能上去，因为岛屿上正流行着霍乱，他们必须隔离12天后才能上岛。

　　渴望中，达尔文远远地看着特纳里费岛上的曙光，在日记中写道：

　　　　这曙光是我永远不能忘记的许多令人神往的日子中的第一天的曙光啊！

当然，亲临特纳里费岛后，达尔文有了更大的收获。

海上风平浪静时的美丽，夜晚的宁静温馨，都让达尔文深深地陶醉，如同进入了仙境一般。

观海潮后，在观察海滩上有没有随海水退去的海洋生物时，达尔文发现了有研究价值的生物，他满心欢喜地走进长着芭蕉树和棕榈树的河谷，听着百鸟鸣唱，看着鲜花丛中昆虫飞舞，感受着从来都没有过的情景，他写道：

> 我就像一个瞎子重见光明，真的无法找到合适的词来形容我的心情。

的确，他发现了罕见的珊瑚，找到了海生动物的遗骸，记录了海水洼附近岩石的形态……

每天晚上，达尔文都要把一天的发现分门别类地记录下来。在整个旅行过程中，陪伴他的是一本《地质学原理》，这在当时是一本禁书，作者是莱尔②。书上的观点正遭到当时有着统治权力人的反对，但在"贝格尔号"上，达尔文可以大胆地看，他完全被莱尔的观点征服了，他称自己是"贝格尔号"上莱尔的信徒。

达尔文把这本《地质学原理》当作考察的理论指南，把莱尔看成是不曾见面的老师。

谈到老师，达尔文怀念最多的还是与亨斯洛教授在一起学习生活的日子，他写道：

　　我忘不了亨斯洛教授对我的劝告，他是我最尊敬的老师，我一向把他的话奉若神明，可是现在我又成了莱尔的信徒，违背了他的嘱咐，但我依然深深地感激他对我的教诲！

　　远行的日子，在极其困难的条件下，达尔文却一直在兴奋中度过了每一个夜晚。他越过了赤道，来到了巴西境内，接受着一个又一个的"野蛮"风俗，参加了一个又一个的可笑仪式，登上了科尔科瓦海拔6800多米高的山峰，观察到了热带自然界的景象，听到异国青蛙和蟋蟀不同声音的鸣唱……

　　⑦莱尔(1797～1875)，英国地质学家，著有《地质学原理》，他的研究奠定了近代地质科学理论的基础，被称为"地质学之父"。

寄给恋人的信

夜晚的时光在宁静中流淌，船上的水手演奏起了《费加罗的婚礼》、《谢米拉米达》乐曲。听着优美的音乐，达尔文仿佛看到了弹奏钢琴的埃玛，听到了埃玛的温柔话语，他在纸上对埃玛倾诉着心里话：

　　随"贝格尔号"舰队的旅行，是我生平中最重要的事件，决定了我的整个生涯。这是我画的航海线路图，"贝格尔号"沿着南美洲海岸航行，每到一个新的地方，我都有一个新的发现。有些时候收获虽然缓慢，看起来也不那么显眼，但它们聚集起来，累积起来，却能产生惊人的结果。

　　我在圣保罗岛上看到了管鼻鹱，它们在多山的近海岛屿上筑窝栖息，在水面低飞，掠食水中的小鱼，傍晚飞回窝里。我对它们的生活很感兴趣，我从它们身上看到了生物间的生存之战。

　　你知道吗？蜥蜴身上的斑点，并不是一种美丽的装饰，而是自我保护能力的体现。你更想不到啄木鸟的双脚、羽毛和喙都是大自然为它精心设计的，在它强健的腿上长着长而宽的趾，趾尖呈钩形，这使它能适于攀登；它尾巴的羽毛更粗更硬，是用来支撑身体的；而它尖锐的喙，能够很轻松地敲开树皮，吃到里面的小虫子。每一种生物机体都能极好地适应自己的生活习性，例如雨蛙能攀缘树木，还有种子的传播，观察到这些情形，总是让我怦然心动。

在我心中留下最深印象的景色，莫过于发现那些从来没有遭遇到破坏的原始森林了，那份庄严和伟大让人自豪和幸福……站在这罕无人迹的土地上，任何人都不会无动于衷，除了呼吸外，不再感觉到自身的存在。

当然，在世界历史的长河中，没有一件史实如同栖息动物所遭到的广泛而反复的毁灭那样骇人听闻。从大懒兽的化石看来，这种距今100万年的早期大懒兽有一头大象那么大。我发现它们与现在存在的大懒兽体形上存在着巨大的差别，但是构造又是那么的相同，我猜测，一定有一种神秘的力量造成了大懒兽的灭绝。

美洲终年温暖、湿润的气候使这里的植物形成大片常绿的热带雨林，无论是热带雨林中的植物还是动物，都让我认识到了物种的丰富性。我对热带柑橘赞叹不已，那壮丽的柑橘林，无论用语言描绘，还是用笔画下来，都不能给人以任何正确的概念！

我亲眼看见一只黄蜂巧妙地把一只蜘蛛蜇得半死，然后把卵产在它的身体里。我还亲手试过雨蛙脚趾顶端吸盘的引力，这种引力能让雨蛙牢牢地固定在放大镜的玻璃面上，即使镜面与地面垂直，雨蛙也不会掉下来，你说有趣吗？

我想到一株植物的枯萎，一只动物的死亡，有时并不仅仅意味着单个生命的有机消失，也许凑巧是整个此类物种的灭绝。我从一大批科学上未知的久已绝迹的古生物化石中认识到了，生活在同一个大陆、已经绝迹的生物和正在生存的生物之间的绝妙关系。我开始对《圣经》中神造万物万事的说法怀疑了，我要从地质学领域，从化石、贝类或与其他生物极其相似的石头身上寻找更加神秘之源①

给我印象最深的莫过于恐龙的化石，它庞大的体积和怪异

的形体激发了我的想象力，让我想到地球曾是许多绝迹生命的家园。恐龙化石让我发现关于物体和生命形式更替之间的关系，让我意识到更远的是新物种的产生与现存物种的消逝相关……

你能想象吗？在巴塔哥尼亚发生了一件让我很意外的事：无数的蝴蝶铺天盖地向我们的"贝格尔号"飞来，我们大喊"下了一场蝴蝶雪……"②

你在梅庄过的圣诞节快乐吗？我在圣诞节前来到了好望角，来到了沙漠里一片辽阔的草原上，找到了混着淡白色泥土的砾石，看到了地块寥寥处生存的棕褐色的草和灌木丛，知道食物和植物的奇缺是荒漠的主要特征。可是你不要担心，我们的圣诞节食物准备得很丰盛，一只重达77公斤的羊驼，成了我们的下酒菜……

①达尔文说："我拒绝把宇宙看成是早就设计好的，只是按照宇宙的本来面目去了解它，但人们却非常希望在有感觉的动物的构造上，看到设计的痕迹，我对宇宙的了解越多，就越少能够看出设计的证据。"

②达尔文自己评价说，他没有突出的理解能力，也没有过人的机智，只是在观察那些稍纵即逝的事物上，有着精细的观察能力，所以才捕捉到了珍贵的瞬间。

　　信件像雪片一样从世界各地飞回梅庄。舅舅人老了，可是心却不老，他如果再年轻20岁，会与达尔文一同踏上"贝格尔号"远航的，如今，每天读达尔文的来信，成了他最快乐的事！

　　可埃玛把达尔文的信看得紧紧的，舅舅提笔给达尔文写信：以后寄来梅庄的信一定要写清收信人是哪一位，不然我和埃玛之间要有战争了……

　　达尔文笑了。

　　一天天过去了，埃玛房间里堆积的信越来越多！

家书抵万金

考察中，每次见到陆地，达尔文都采集大量的动物和植物，他把一部分制成标本，一部分用来解剖化验，一部分寄给亨斯洛教授。

亨斯洛教授是与达尔文保持联系最多的一个人，达尔文寄回来的宝贵资料让他高兴，达尔文取得的收获，也让他有了很大的成就感。

事实证明，达尔文没有辜负亨斯洛教授的希望，他和菲茨罗伊舰长合作愉快，成了"贝格尔号"上一百多人的中心人物。夏天苍蝇、蚊子多时，他成了"我们的捕蝇人"；水手们有了什么难题，都爱来请教这位"先生"；当他有了新的发现，又成了"亲爱的老哲学家"。达尔文的热情、豪爽和才华，使他获得"贝格尔号"上所有人的尊敬。

达尔文说："原来的远航计划是两年，意味着和整个'贝格尔号'人要相处24个月，可现在3年过去了，我们还是不想回到出发的地方，越往前走，离祖国和家乡就越远，可我们这些同行人的心却更近了，就像一家人相处在一起。"

谈到家人，达尔文真的想家了，长年在外，不想家是假话，写封家书吧，报一声平安，送一句祝福。①

盼望着，盼来了家人的来信，一次次都是那么长久、那么让人激动。

　　自从踏上"贝格尔号"后，书信是他和家人联系的唯一纽带。有一次，收到家人来信后，他放声哭了起来，因为那一天，他同时收到了姐姐、哥哥、妹妹和爸爸的来信，每一位亲人的来信都写得那么感人。那天，达尔文正发着高烧，几次昏迷过去。

　　"贝格尔号"带给达尔文的晕船感觉始终没有完全消失，他一直都在接受心脏病和晕船的折磨。其实这种感觉并不完全是由晕船造成的，这是达尔文家族的通病，由一种遗传基因所致。

　　但当时达尔文却不知道自己的这种症状是家族人的通病，而认为自己得了重病，甚至有时想到自己会死在船上，再也回不了英国，他在病中有这样一段话：

　　　　无论我怎样想方设法排遣，在普利茅斯这两个月是我迄今最痛苦的一段经历。一想到远离家人和朋友这么久，我就情绪低落。我还担心自己心律不齐，我确信自己得了心脏病。可是我没有去看医生，怕他说我不适宜航海。我是下定决心了，无论有多大的危险也要去。

　　从达尔文的话里可以看出，他身体有病已经很久了，但为了航海考察，他早已置自己的身体于不顾。

　　达尔文含着泪写信给家人：

　　　　我不会因为身体情况而错过这个远航的机会，如果那样，我想我在坟墓中也不会安息的，我会变成一个幽灵出没在英国

的博物馆中……

信寄出后，马上接到了爸爸的回信，爸爸不愧为一个名医，通过读信就知道儿子患了什么病，爸爸详细地告诉他应该服用什么药。②

这是爸爸寄来的一封家书，也是爸爸开下的一剂药方啊，达尔文的心病治好了，身体也在渐渐康复！

每天生活在船上，风里来雨里去。结束这次远航后，达尔文身体落下了不少的毛病。但在写给爸爸的一封家书中，达尔文总结出这样一段话：

> 我一生的兴趣和唯一的工作，就只是科学研究工作，它引起了一种兴奋，使我可以暂时忘却或者完全解除自己日常的不舒服。

①在五年的考察生活中，达尔文详细记录了所见所闻，这些文字当时用家书的形式寄给家人，后来收集在《航海日记》中。

②由于遗传基因，达尔文家族历代都有一种遗病，达尔文的几个孩子受遗传影响也是体弱多病。

流 浪 歌

1835年2月，跟随"贝格尔号"考察，他们告别了合恩角，沿着南美洲西海岸行进。2月20日，到达了智利，达尔文和助手正躺在海边的森林里休息，可怕的事情发生了。

大地忽然活动了起来，树木在晃荡着，海里掀起了巨浪，达尔文头晕目眩，地震发生了！当时的情景正如他后来用文字描述的那样：

> 猛烈的地震马上打破了我的想法，这个象征坚固不破的地球，竟好像液体表面的薄膜一样在我们脚底下摇动起来。这一刹那，使我产生出一种奇怪的动摇不定的思想，这在平时是经过几个小时的仔细考虑也不会产生出来的。

在这次地震中，达尔文和助手都幸运地逃过了劫难，他们的身上虽然都受了伤，但却没有生命危险。

3月4日，达尔文一行到达了智利的康塞普西翁港，目睹了地震给这里带来的灾难。房屋倒塌了，失去亲人的孩子们流浪街头，信仰基督教的人们还在虔诚地祈祷着，信徒们认为：上帝曾用洪水惩罚人类，就可以用地震来惩戒人们对地球的破坏。教徒们深信现存的生物界与上帝创世时一模一样，根本想不到物种的消失，也不会想到物种的改变。

在人们的祈祷声中，达尔文想到，自然界曾发生过多次

的地震，是地震导致了地形的变化。亲历这次地震后，他对科学真理更充满了崇敬，决心向上帝挑战。

这一时刻，达尔文内心开始有了一个大胆而又具有革命性的想法，他认为这样强大的地震是自然界中的一个小小的变故，他认识到了自然界本身对物种的选择作用。①

①达尔文在考察中发现，在一定的地质时代，埋藏着相应的动物化石，而越靠近地壳表面，化石越与现代的物种相像，这证明物种变化与自然界的变化有着千丝万缕的关系。

达尔文把自己的想法和经历写下来寄给亨斯洛教授：

> 一个居住在陆地上的人，只要看到这样的海岸形状，整个星期都会想到翻船、危险和死亡，从而会忧心忡忡……

亨斯洛教授在写给达尔文的回信里说，达尔文的一切荣誉达到了最高峰。

然而达尔文想到的却不是荣誉，他想看到更多离奇的景象，想有更多的经历，但经历这次地震后，他病倒了。此时"贝格尔号"舰上正发生着"经济危机"，达尔文的生命险些丢在途中……

病好后，达尔文突破了原定的研究计划，开始将研究范围扩大。脑子里需要解决的问题太多了，是什么力量创造了美丽的自然界？为什么动物、植物的化石虽然有着古老的历史却又和今天的那么相似？物种真是按照上帝创造的数目不增不减、千古不变吗？

来到盐湖时，他找出了这个湖就能产盐的答案，还和岛上的火烈鸟成了好朋友。这种鸟个子较小，颈和腿细长，身上的羽毛很短，当地的高楚人习惯把这种鸟称作鸵鸟。当达尔文告诉他们什么样的鸟才是鸵鸟时，这里的人又把这种鸟改称为"达尔文鸟"。②

火辣辣的岛上，正午的阳光烘烤着干枯燥热的地表，达尔文顶着烈日，闻着被阳光烤焦的植物的味道，在荒凉孤寂的地方，做着研究工作。

在帕戈斯群岛，他理解、同情黑皮肤的土著人，痛恨殖民统治残酷地杀害和贩卖奴隶的行为，心中滋生出深沉的人道主义来。

他一路走着，唱着流浪的歌，每一个音符都是那么凝重，每一段曲子都记录着他的一段经历。

就这样，达尔文边走边看，边学边记，他越过了"三大洋"，来到了澳大利亚，每到一处都有他独具慧眼的发现！

②达尔文通过鸟的变种，认识到物种并非永恒不变。这个称火烈鸟为"达尔文鸟"的地方，也因为产生了达尔文的进化论思想而闻名。

家庭生活

JIATING SHENGHUO

　　他娶回了世界上最好的妻子，住进了唐恩花园，儿女们一个个出生了，他在享受天伦之乐的同时，也饱尝了失去亲人的痛苦……

归来之后

　　1836年10月3日，"贝格尔号"驶进了英国的法尔茅斯海岸，站在甲板上的达尔文终于看见熟悉的英国村庄，他的眼角湿润了。

　　"到了，终于到家了，我们踏上自己国家的领土了！"船上的人们欢呼起来。

　　10月5日，五年前为达尔文送别的亲人们又一次相聚在码头，达尔文回到了希鲁斯伯里，回到了亲人的怀抱。

　　爸爸老了，头发花白了，五年后，爸爸眼里的儿子是伟大的，成了家族的骄傲。

　　舅舅也来了，手里多了一根拐杖，可眼睛依然是那样地炯炯有神。

　　还有哥哥、姐姐和朝思暮想的埃玛，要说的话真是太多了。

　　五年前那个皮肤白晰、活泼健康的小伙子，现在已变成一个又瘦又高、面色深棕、头发稀疏的年轻人。他表现出来的坚毅与沉稳，让人很自然地想到这些年来他所受的苦难……

　　达尔文与亲人们小聚一天后，就忙着去见亨斯洛教授了。回来后，达尔文开始写报告，写论文，整理旅行日记和带回来的标本。

　　爸爸太想念儿子了，总爱到达尔文的房间，注视着他的工作。达尔文顾不上和爸爸长时间交谈，抱歉地说："我在

同亲人见面后高兴得头脑完全发了昏,可是带回来的这些标本却又不能给我太多的时间。"

爸爸说:"早在你回来之前,家中就收到了邀请你去做报告的信。"

达尔文说："我实在没有时间，我还要到伦敦找一份工作，我要做的事情太多了！"

达尔文还是被一些科学家请去出席盛大的宴会。他在动物学会上做了《关于美洲鸵鸟》的报告，在地质学会上做了《关于智利海岸新的上升》的报告，宣读了《关于腐殖土在蚯蚓作用下形成的报告》……结识了马尔萨斯①和阿尔弗雷德②，走进了林耐学会③，并开始撰写第一本关于物种问题的笔记。

达尔文每天都将时间安排得紧紧的，连亲人们想和他说点知心话的时间都没有。为了心爱的工作，他可以不去想亲人们的感受，但他又不得不在疾病的折磨下成为爸爸的患者。

爸爸说："你的感觉太敏锐了，什么事情对你都能产生刺激，这是最伤身体的。"

达尔文说："不是我思维有毛病，而是身体不争气。"

爸爸说："什么病症的形成都是有原因的，你这样拼命地工作，就是金子做的身体也会有损耗的。"

达尔文告诉爸爸："心悸、多梦、失眠总是伴随着我。"

爸爸说："消化不良、头昏眼花才是你真正的病态，你必须听我的话，按疗程服药，按时休息，否则你的头发就会全掉光，你就会成为一个年轻的小老头。"

达尔文听话地点了点头。

然而，达尔文并没有真正地听话，病还没有好，他就又开始工作了，这些病症一直伴随了他一生。

1838年2月16日，达尔文成为地质学会的秘书，这是他的第一份正式工作。他开始有薪金了，经济可以独立了，不再是一个"游手好闲"的人了，固定的工作给了达尔文很大的安慰！

达尔文说："我习惯于勤奋劳动和专心致志于自己所从事的工作，我所思考和阅读的一切，同我所见到的和可能见到的情况有直接关系。在五年的航海生活中，我一直保持着这种思维习惯。我确信，正是由于这种训练，我才能在科学方面取得现在的成就。"

用五年时间去做环球考察，达尔文独守着那份执著，终于成为英国科学界升起的新星。归来后的达尔文再也不是那个跪在爸爸面前苦苦哀求的小伙子了，所到之处都有鲜花和掌声。五年的耕耘，让达尔文有了沉甸甸的收获！

①马尔萨斯（1766～1834），英国经济学家、牧师，发表了著名的《人口论》。

②阿尔弗雷德（1823～1913），英国博物学家，他与达尔文同时创立了自然选择学说。

③林耐学会成立于1788年，这个学会带动了生物学的发展，以瑞典著名植物学家林耐（1707～1778）名字命名。

世界上最好的妻子

　　对于和埃玛的婚事，达尔文心里早就想过，只是事业和婚姻之间有矛盾。他向往美好的婚姻生活，可几篇论文获得的奖金，又怎能让他成为"一家之主"啊？爸爸为他远行考察拿出了一大笔钱，如果再为他操办婚事破费，他怎能安心呢？

　　直到1838年，达尔文有了一些积蓄，他穿着一身新衣服来到了梅庄，他把自己的工作和收入情况汇报给舅舅。

　　舅舅说："我和你爸爸几次谈到你和埃玛的事，我们都希望你们能结为夫妻，让我们两家的关系再近一层。你远航回来后，几次来梅庄，心思却总放在打猎和寻找标本上，是你对我和我的家人有什么想法了吗？"

　　达尔文说："舅舅，你误会我了，对您和您的家人，我深深地欠下了一份情。关于蚯蚓对土壤作用的考察，如果没有您的帮助，我是不会取得成功的，我在做报告的时候，也郑重地说过，这个理论思想应该是我舅舅乔赛亚的。"

　　舅舅说："我和你爸爸一样为你取得的成绩感到荣耀，我们是不会考虑让你报答的。"

　　达尔文说："舅舅，谢谢您了解我的心愿，其实在我的心里，您和我爸爸的位置是相同的，我幻想着有一天称呼您'爸爸'。现在我有工作了，有经济能力了，我想跪在您面前向您的女儿埃玛求婚，您能成全我们吗？"①

①埃玛长得漂亮，又具有极高的文学和音乐修养，她让达尔文的生活充满了幸福。

舅舅笑了，说："傻孩子，还不快到埃玛那里去……"

舅舅一脸的喜悦，达尔文却羞红了脸，他虽然已经29岁了，可是谈起婚姻时还是一脸的羞涩。多年后达尔文和儿子谈到自己晚婚的原因时说："没有经济基础，我不能依靠你爷爷或者梅庄来养家糊口。另外，我在青春期对'性'的认识很模糊，甚至以为'性行为'是人类生活中最下流的事情，根本没有认识到爱情能使它变得更纯洁美好。"

这是达尔文迟迟没向埃玛求婚的真实原因。此时，他正向埃玛的房间走去，他的心跳加速了，脸上出现了红晕。

埃玛正深情地翻看着达尔文的旅行照片，达尔文突然出现在她面前，她不好意思地低下了头。

达尔文说："五年的远航，浪费你很多宝贵时间为我整理照片和资料，现在我有工作了，有经济能力了，我要送给你一份礼物。"

埃玛说："你旅行时寄给我的东西，我都一一保存着，这些年来，正是这些信件和照片与我相伴。我只是不能理解，有些时候，我也确实能感觉到你爱我，而且我也清楚地知道我是爱你的，可是你为什么不对我说？"

87

达尔文把埃玛拉进怀里，在埃玛的脸上轻轻地吻了一下，说："你这么年轻漂亮，能接受我的求婚吗？"②

埃玛说："我早已不是当年那个少女了，心早就给你了，难道你还没有感觉出来吗？"

达尔文笑而不答，忙把准备好的钻石戒指给埃玛戴上。

埃玛说："我是世界上最幸福的人了！"

达尔文说："你是世界上最好的妻子！"

两颗相爱的心终于撞出了火花，他们深情地拥抱在一起。

"达尔文向埃玛求婚了！"这个好消息像长了翅膀似的在亲友间传递着。爸爸和舅舅更是欢喜，爸爸对乔赛亚说："你我两家本来就有许多纽带连接，我相信他们俩的结合，将会使我们的后代更加兴旺。"

1839年1月29日，达尔文和埃玛在梅庄的教堂里举行了婚礼。从此，达尔文有了一位世界上最好的妻子，在美丽、善良、贤惠的埃玛陪伴下，达尔文攀登上一个又一个科学的高峰！

②埃玛大达尔文一岁。按当时的习惯，男人不应该娶比自己大的女人。

唐恩花园

新婚的达尔文夫妇去威尔士度蜜月，达尔文在此期间度过了30岁生日，然而就是在蜜月旅行中，他也没忘记工作。埃玛说："我不但嫁给了你，也嫁给了你的事业。"

埃玛做了达尔文的新助手。蜜月旅行回来，爸爸和舅舅已经在伦敦的高尔街12号为他们租了一套漂亮的房子。

经常有许多人到达尔文家做客，达尔文和埃玛也经常被请去参加各种宴会，大家对埃玛的夸奖让达尔文很骄傲。

埃玛虽然比达尔文大一岁，看起来却显得比达尔文年轻好几岁。她把所有温柔都给了达尔文，即便后来由于疾病，达尔文的脾气变得越来越暴躁，埃玛也没有和他发生过一次争执。

埃玛是个贤妻良母，她关心体贴达尔文，从娘家带来的丰厚的嫁妆，让他们婚后过着衣食无忧的生活。能够拥有埃玛的爱，是达尔文人生成功的一大动力，它的价值绝不亚于达尔文创造的著名学说。①

婚后，埃玛充当了家庭女主人的角色，家里不管来多少客人，她都能把家宴准备得妥妥当当。在他们家吃过饭的朋友，都夸埃玛的菜做得好，这一点又让达尔文骄傲了。

1839年12月27日，一个男孩出生了，达尔文做了爸爸。

初为人父的达尔文久久注视着襁褓中的婴儿，这是他和

埃玛爱情的结晶啊，激动、喜悦、自豪、幸福写在了达尔文的脸上。

"埃玛，给儿子取名威廉吧，我太喜欢这个胖乎乎的小家伙了。"

埃玛说："不要长时间看孩子，会把眼睛看花的。"

达尔文说："你不懂，我是在观察他的表情。"

埃玛说："孩子太小了，他的喜怒哀乐还不能表达出来。"

达尔文说："这你就错了，刚出生的孩子，思维、听力、表情都是有的，只是表达的方式没有那么明显，人们往往会理解为他没有表情。

埃玛说："怀孕时，我曾多次想到生命延续方式的神奇，在我的腹内竟然孕育着一个新生命。"

达尔文说："一个生命的诞生是一个很伟大的过程，在胚胎的发育初期，它具有尾，随着发育，胚胎的尾消失。人类孕育的过程也演绎了人类自身进化的过程，从今天起我不但要天天观察儿子的表情，还要写观察日记，要从他细微的表情里，找到自然的起源。"

埃玛说："那你不就成了高级保姆了吗？"

达尔文笑着说："在我没起草完《论感觉的表现》一书之前，我会寸步不离这个孩子的。"

埃玛笑了，她还不能完全理解达尔文这样做的真实用意，只是认为父亲爱孩子的情感应是如此强烈吧。

1841年3月2日，一个叫安妮的小女孩诞生了。在小威廉出生15个月之后，达尔文用文稿《论感觉的表现》和

新出版的著作《珊瑚礁的构造和分布》来迎接两个孩子的到来。②

①埃玛关心体贴达尔文，支持他的事业，使他能更好地搞研究。

⑦珊瑚是一种经济价值和生态价值都很高的海洋腔肠类动物。达尔文关于环礁如何形成的真知灼见，至今仍被认为是最正确的。

达尔文又多了一个掌上明珠，这个女儿娇小可爱，长得很像埃玛。

婚后的15年中，埃玛为达尔文生育了4个女儿、6个儿子，每一个孩子的诞生都激起达尔文感情的涟漪，他们家族有着多子多孙的传统，他们的每一个孩子身上都有着非凡的天赋，继承了达尔文和埃玛的优点。

风和日丽的日子里，埃玛坐在花园里给孩子们讲故事，达尔文往往在书房里潜心从事研究工作，这是一个多么幸福的家庭啊！

随着孩子的先后出世，家——成了达尔文最快乐的地方，也成了他发泄脾气的地方。尽管达尔文自己说："脾气暴躁是人类较为卑劣的天性之一，人要是发脾气，就等于在人类进步的阶梯上倒退了一步。"然而，他自己也没能摆脱这种"卑劣"和"倒退"。

达尔文的身体越来越不好了，没完没了的应酬让他很反感。为了能让达尔文躲开社交活动，能在安静的日子里调养

身体，埃玛建议买一座别墅，换一个新环境。

1842年，达尔文夫妇在伦敦郊外肯特郡的唐恩村买下了一座名叫唐恩花园的别墅，这里离伦敦15英里，交通方便，新修的铁路线向远方延伸着。这个新家有着浓重的田园风味，到处散发着恬静幽雅的气息，搬来这里是他们最好的选择。

9月14日，达尔文一家带着仆人约瑟夫·柏斯劳搬进了新家。

在唐恩花园，达尔文的身体渐渐好了起来，他的脾气也有了好转。埃玛成了孩子们的启蒙老师，达尔文一有时间也会给孩子们讲故事，教他们认字，给他们讲做人的道理，把他们送进最好的学校去接受教育。

达尔文说："从教育人的方面看，我反对学校的主要理由是经典课程时间占了一个很大的比例。我想，这会使孩子们受到那种恶劣和褊狭的影响，妨碍任何需要推理和需要观察的兴趣的产生，受到训练的只是记忆力。我一定要为我那几个较小的孩子找一个教授多样课程的学校。"

这是达尔文总结自己的经验教训后，在教育子女时发出的感慨。的确，在唐恩花园里，孩子们享受到天伦之乐的同时，也接受到了优质的启蒙教育。

唐恩花园是个美丽的地方，达尔文在这里一直生活到生命的终止，这里成为40年中他生活和工作最久的地方。

遗　书

　　唐恩花园的四周森林茂密，每逢夏季，林间盛开着栗树花，百鸟鸣叫，蝴蝶翩翩起舞，还有田野、小河，这里比梅庄还要美丽。

　　在唐恩花园里，埃玛用琴声缓解达尔文的病痛，给他读小说，陪他散步，让达尔文享受到了母亲般的爱。

　　一次生病，达尔文深情地对妻子说："埃玛，你这样照顾我，使我觉得即使生病也是快乐的。"

　　埃玛说："别说这些让我心痛的话，虽然只有在你生病的时候，我才能有更多的时间同你在一起，但是我宁肯少和你在一起，也不想让你肉体饱尝痛苦。"

　　达尔文说："你是世界上最善良的妻子，你的价值比黄金还要宝贵。"

　　埃玛说："能够为你生儿育女，是我的荣耀，能为你的家庭和事业贡献一切，是我最大的快乐。"

　　达尔文说："只因为我生活在美丽的唐恩花园，有你陪伴，才能写出影响巨大的著作，我的作品离开了你就不会诞生了。"

　　埃玛对达尔文的温存体贴"感动"了上苍，达尔文一次次挣脱了病魔。

　　自来到唐恩花园，达尔文的身体好多了，可胸痛和头晕

还时常出现。

为此，埃玛为达尔文制定了科学的作息时间表：早晨7点起床在花园里散步，7点45分吃早饭，上午8点半到11点半工作；中午休息的时候由埃玛陪着散步或者朗诵小说；下午1点半到4点工作；晚饭后欣赏埃玛弹钢琴，或者同埃玛下棋，5点半到7点半工作，10点就寝。

对这份作息时间表，达尔文整整遵守了40年，即便外出开会或者做报告时，他也愿意有埃玛陪在身边。

1842年秋天，达尔文开始写他访问过的火山岛地质方面的著作，完成了《贝格尔号航行地质学》、《火山岛的地质考察》、《南美洲的地质考察》、《1842年概要》等著作。

1844年的秋天来了，达尔文开始写《物种起源》的论著提纲，他研究了自然选择和地理分布那几节，有了正确的判断，就等着有时间用文字把这些理论表达出来。可这时，他又一次病倒了，且病得很重，这让达尔文想到了死！

在同疾病作斗争时，达尔文想到死或许是快乐的，可是

①其实，达尔文的生命没有因重病而停止，他还有很长一段路要走。

一想到他的著作还没有写完，他就害怕自己会死去。①

"如果我真的死了，我的理论与大多数学者的看法不一致，他们就不

94

能接受，我的书出版了，也不会找到支持者。如果我死了，就没有时间解释、阐述我的观点了。"

埃玛说："我相信上帝是不会让你这样优秀的人才早逝的，你会有很多时间写物种起源。"

达尔文说："我学过医学，知道自己的身体情况，我舍不得没有研究完的课题，还有孩子和你，如果我突然死了，我的理论、我的思想、我的工作、我的妻子、我的孩子怎么办啊？不行，我要写遗书！"

虽然埃玛极力反对，可达尔文还是挣扎着起来写遗书，他写道：

> 我愿意让亨斯洛教授来出版我的概要，我希望莱尔先生能承担书的编者，伦敦的福勃斯是第二个合适的编者，虎克博士是一个好人，司却克兰先生是一个可亲近的人……我刚写完的物种理论的概要，如果将来人们能够接受我的理论，那将是科学上的一大进步。如果我骤然死去，这封信算作是我最庄严的最后的遗愿。我请求埃玛拨出 400 英镑来做出版的费用，希望你把我的概要同那笔钱一起交给一个有资格的人，以便促成他去努力修改和扩充概要。我将把我在博物学方面的书籍全部交给他，这些书上画着着重线，指出了请留意检查和注意的页码……

遗书写完了，亲人们痛哭不止，他毕竟才 35 岁啊。

爸爸亲自赶来唐恩花园为他治疗，科学院也积极想办法为达尔文寻找良医。

后来在一位医生的推荐下，达尔文接受了慕尔公园维持健康的最有效的方法，用矿泉水进行辅助治疗，他的病渐渐好了！

当达尔文又重新进入工作状态时，他说："我的生活过得像时钟那样规则，当我生命告终的时候，我就会停止在一个地方不动了。"

当疾病不再成为主要危害时，工作成了他的乐趣。目睹达尔文孜孜不倦工作的样子，人们再回过头来去想他写遗书的事，会认为他遗嘱立得太早了，然而这却成了达尔文苦苦探索物种规律的见证。这封遗书永远留在亲人和朋友的记忆中，成了一个历史故事。②

①经历这次"遗书"事件之后，达尔文开始进入一生的第二个时期，在这一时期，达尔文撰写了许多有价值的著作。

最大的悲痛

达尔文的家庭生活是愉快和幸福的，但随着孩子的相继出生，要想为达尔文保持一个宁静的工作环境，是有一定困难的。

孩子多了，各自有不同的性格。于是，埃玛规定：每天除了清晨打扫房间的仆人外，其他人不准进入达尔文的房间，埃玛叮嘱孩子们说："经过爸爸的房间时，一定要轻手轻脚……"

孩子们听话地点着头，妈妈太严格了，孩子们不敢违反这个规定。

有一天，4岁的儿子弗朗西斯经过爸爸的房间，不顾妈妈的叮嘱，推门走了进去，扑进爸爸的怀里。

达尔文说："你妈妈没有告诉过你，不允许随便进我的房间里来吗？"

儿子说："妈妈说了，可是我现在有钱了，我来雇你陪我玩一会儿。"

"钱？什么意思？"

儿子摊开手掌，露出了手里的六便士，说："爸爸，我不是随便来打扰你，我给你六便士，你能陪我玩一会吗？"

达尔文被可爱天真的儿子打动了，他深情地抱起儿子说："看来，一个人要拒绝收下这六便士是不太可能的事。你

的这六便士不但可以雇我陪你玩一会儿，还可以把你的哥哥、姐姐们都叫来一起玩。"

"爸爸答应陪我们玩一会儿，快来啊！"弗朗西斯在爸爸怀里兴奋地喊着。

孩子们听见这样的话，纷纷从自己的房间里跑出来，围在爸爸身边。

埃玛听达尔文讲了弗朗西斯的"六便士的故事"后，也加入到陪孩子玩的行列里来。

有爸爸、妈妈陪着玩真是太有趣了，孩子们争先恐后地问爸爸："下次什么时候有时间陪我们再玩一次？"

达尔文说："一定会的，等我写完这篇稿，就实现你们的愿望。"

孩子们高兴地欢呼起来，期待着下次快乐场面早日到来，埃玛却对孩子们说："不允许再发生'六便士'的故事，爸爸的时间太宝贵了！"

这一时期，达尔文出版了《贝格尔号动物学》、《古生物哺乳类动物》、《现代哺乳类动物》、《鸟类》、《鱼类》、《爬行类动物》等著作。随着这些作品的问世，达尔文的名气越来越大了，每天还要处理大量的读者来信，时间变得越来越不够用了。

埃玛回忆说："一段时间，他根本不能按作息时间表生活、工作，在住进唐恩花园的头20年里，他每天保证不了四五个小时的睡眠。"①

这样的工作狂，怎能有时间陪孩子们玩呢？他给了孩子们一个没有期限的承诺。

1848年11月13日，达尔文的爸爸在多次中风之后，永远地闭上了眼睛。直到1851年，达尔文心中对父亲的思念才渐渐淡忘。4月23日，达尔文10岁的女儿安妮死于猩红热病。父亲老了，死亡是他的归宿，而安妮才10岁啊，那天真浪漫的笑脸，那是一朵美丽的鲜花啊，还没有开放却过早地枯萎了，这太残酷了！②

达尔文又一次病倒了，他太爱这个大女儿了，从她出生那天起，安妮就成了他的最爱，现在她却不幸去世了……

达尔文的身体太弱了，哪里经受得住这样的打击，疾病给他带来了痛苦，他躺在病床上无力地呻吟着……

　　1853年，达尔文终于完成了撰写长达八年的《蔓足亚纲》，11月，达尔文荣获了皇家学会的皇家奖章。

　　此时的达尔文身体状况更不好了，用什么办法也不能让他进入睡眠状态。医生建议给他用麻醉剂，达尔文却不能接受，他说："麻醉药可以使人退化、堕落，如果没有了清楚的思维，也许不会有这么多的苦恼，可是我却真的不能不想我心爱的女儿安妮啊！"

　　在他们的10个孩子中，有3个夭折了，③后来去世的那两个孩子，虽然比安妮小，但是也让达尔文感到无比的痛苦和无奈。死去的孩子让达尔文开始怀疑，是他和埃玛的近亲结婚，给孩子们带来了不幸，这也成了他一生最大的痛苦！

　　①当有人来唐恩花园做客时，不管达尔文多忙，总是把客人亲自迎进屋里，送客人走时，也要把客人送出好远，直到看不到客人的身影了，他才会回来继续工作。

　　②33年后，达尔文的房间里依然挂着安妮的照片。

　　③达尔文大女儿去世后，第二个女儿在出生当年就死了，1858年，他的儿子查理在两岁时夭折。

事业之帆

SHIYE ZHI FAN

　　他告诉世人说猿猴是人类的祖先，这一理论引起了轩然大波，可他在人生暮年却扬起事业的风帆，用自己的理论证明着人类的起源……

猿猴是祖先

1855年，达尔文16岁的大儿子威廉已经是一名大学生了。一天，威廉从学校回家，正赶上爸爸休息。他拿着一只小鸽子来到爸爸面前说："爸爸，这是一只刚出生一周的小鸽子，你看它多可爱啊！"

洁白的小鸽子扑扇着两只翅膀，听话地站在威廉手里。达尔文看见鸽子，眼睛顿时有了光亮，问："这只鸽子是从哪里弄来的？"

威廉说："学校里喜欢鸽子的人很多，爱好鸽子的人组织了一个俱乐部，我是那里的新成员。"

达尔文从威廉手里接过鸽子说："你能有这样的爱好很好啊，你知道吗，鸽子是和平的使者，是和平的象征啊！"

威廉说："俱乐部时常开展览会、报告会，鸽子的照片和资料太多了。"

达尔文说："鸽子繁殖很快，很容易养，又不占很多地方。对啊，现在我正在研究植物和动物变异性，我为什么不从鸽子入手呢？"

威廉说："太好了，我可以帮助你收集有关资料，爸爸，你想象不到我进入鸽子棚时的快乐吧？"

"我还知道家鸽原始的模样呢，真是让人难以置信，它的祖先竟然是那么野蛮那么难以制服。"威廉接着说。

达尔文说："把你能找到有关鸽子的资料全拿给我好吗？"

威廉点了点头，他像爸爸小时候一样喜欢小动物，现在和爸爸有共同谈论的话题了。

第二周，威廉给爸爸带回来一些鸽子，达尔文给鸽子建了一个新家，大量养起鸽子来。

在研究过程中，达尔文让一只白鸽和一只黑鸽进行杂交，生下几只带斑点的鸽子；这几只鸽子杂交后，又生下了灰鸽子。灰鸽子腰间是白色的，翅膀上有两条黑纹，尾巴上有黑色和白色镶边。

为了更好地研究鸽子，达尔文还加入了两个养鸽协会，并把自己的问题寄给家禽专家捷格特迈耶尔和福克司，他在信中说："我对鸽子进行详细研究而获得的资料是非常宝贵的，它向我说明了在家养状况下鸽子变异方面的

许多问题。"

在成为养鸽俱乐部里"特殊的一个人"后，1856年，达尔文开始写《物种起源》。

从这以后，他的孩子们开始像他小时候一样，收集各种动物和植物，为爸爸的研究工作准备资料。达尔文说："当孩子们为我找到了一种稀有的动物或者植物时，我的感觉就好像一匹老马听到了号角一样。"

1858年，达尔文就《物种起源》的观点和阿尔弗雷德进行通信交流，林耐学会评议达尔文和阿尔弗雷德拥有该理论的优先权。1859年11月24日，《物种起源》在伦敦出版。

达尔文在这本书里说："自然界最初存在着脖子较短的长颈鹿，它们以树叶为食，由于长时间昂着脖子吃树叶，在繁衍过程中出现了变异，脖子长了。"

《物种起源》出版后，阿尔弗雷德说："《物种起源》是迄今最重要的书籍之一。自然选择物种起源学说的建立，完全是达尔文的功劳。达尔文的名字不但可以和牛顿并列，而且他的工作将永远被看成是十九世纪自然科学的最大成就之一。"

1864年，英国皇家学会基于达尔文在地理学、动物学和植物学方面的杰出贡献，授予他"柯普雷奖章"。

《物种起源》一出版就引起了轰动①，第一版1250册在当天就销售一空，第二版3000册也很快卖完，并且很快被译成西班牙文、波西米亚文、波兰文、俄文、日文……在德国，每隔一段时间就出版一次"关于达尔文学说"的目录和

①在《物种起源》发表的20年间，世界发生了很大的变化，达尔文也因此成为一位受人尊敬的学者，正如他所说："对于科学，坚持者，定会成功。"

书目提要。

　　《物种起源》的发行量这样高，是达尔文始料不及的。而且，《物种起源》的畅销还引起了争议，在宗教信仰浓厚的英国，一向认为是上帝创造了万物，现在达尔文的《物种起源》竟然出现了否定一切传统和信念的语言，居然说"上帝与万物一点关系都没有"，宗教法庭能饶了他吗？很多科学家都惧怕宗教法庭，达尔文又会有什么样的遭遇呢？

　　达尔文说："我永远不能相信宗教裁判者会是一个好人，但是现在我知道了，一个人可以火烧另一个人，同时又可以有一颗像塞奇威克那样又慈善又高贵的心。"

　　那么塞奇威克又是怎样说的呢？他说"如果按照达尔文自然选择法则，那么就会出现这样的情况，人类就会受到摧残，人类就会堕落，堕落的程度比我们人类史中可以查到的任何一次都要大……"显然，他和达尔文的意见是不一致的。

　　为了证明自己的学说是正确的，达尔文的支持者们几次陷入进退维谷状态，多次来到"风暴的中心"。他们用理论击败他人的言论，让达尔文走出了困境。1871年达尔文出版了巨著《人类的起源》，他向世界宣布："猿猴是人类的祖先。"

《物种起源》引起的非议还没有平息，达尔文在《人类的起源》一书里又将上帝创造的人与毛猴联系起来，这让一些人更为恼火！

讽刺达尔文的漫画贴满了街头，谩骂达尔文的文章发表在报纸上，人们质问达尔文说："人猿同祖的信念中饱含着人类的兽化和堕落！"

《人类的起源》掀起了一层又一层的波浪，摧毁了达尔文的平静生活。在一则漫画上，一只猩猩哭着说："达尔文，你欺侮了我，你硬是要挤进我的世系！"

还有一则漫画的画面上是达尔文正和一只毛茸茸的猴子拥抱接吻……

达尔文说："我认为人类的高贵身份并不会因为人猿同祖而降低。因为，只有人才具有创造可理解的和合理的语言的天才，就凭这种语言，在他生存的时期逐步积累经验和组织经验，而这些经验对其他动物来说，当个体生命结束的时候就完全丧失了。因此，人类现在好像站在大山顶上一样，远远高出他的卑贱的伙伴的水平，改变了他的粗野本性，放射出真理和智慧的光芒！"

达尔文的支持者托马斯·赫胥黎站出来说："当我开始真正理解其重要的观点时，我的反应是，我原先没有想到这一观点，真是愚蠢到了极点！"

托马斯·赫胥黎如此支持达尔文，也遭遇到了和达尔文同样的打击，有人这样评论他们说："如果说进化论是达尔文生的蛋，孵化它的就是托马斯·赫胥黎。"

　　不管当时的言论如何难听，达尔文都默默地忍受着。

　　历史的车轮隆隆驶过，现在，世界公认达尔文的进化论学说创造了一个新的时代。

　　鲁迅先生说："达尔文的学说，举世震动，盖生物学界之光明，扫群疑于一说之下者也。"这是对达尔文最公平最正确的评价！②

　　②人们一直认为自己的祖先来自于上帝的花园，达尔文告诉人们伊甸园只是个美丽的故事。

走 出 困 境

在人们对《物种起源》的理论半信半疑的时候，达尔文又推出了《人类的起源》，使达尔文一下子成了焦点人物，成了议论的中心，成了"英国最危险的人物"。

对于这样的理论，英国王室能接受吗？达尔文又将陷入怎样的危险境地呢？

有一次，托马斯·赫胥黎在牛津大学用科学事实反对宗教的观点时，台下坐着牛津大主教——因为讲话油滑而被称为"油嘴萨姆"的威尔伯福斯。

主教站起来问道："请问托马斯·赫胥黎先生，跟猴子产生姻缘的是您的祖父还是您的祖母呢？"

托马斯·赫胥黎说："我最早最早的祖父祖母都是猴子，包括提问题的这位先生，您的祖先也是。我们并不应该因为这个事实而感到羞耻，而要为人类的进步感到高兴，为达尔文有了这样的说法感到自豪……"

掌声响起了，托马斯·赫胥黎接着引用达尔文的话讲解着进化论的学说，他最后说："在神权统治的一切年代，每一个科学规律的发现和确立都曾经历过异常艰辛的历程，过去那些科学家们和宗教产生的冲突，最后都是因为宗教人士对自然科学知识知之甚少而导致失败，我们为什么不吸取这个教训呢？为什么不让达尔文大胆地去研究下一个课题呢？像

他这样的大科学家的时间是比金子还宝贵的！如果有些人想用一些罪名来转移达尔文的注意力，那才是真正的羞耻啊！"

台下响起更热烈的掌声，"油嘴萨姆"悄然地离开了会场。

"贝格尔号"舰长菲茨罗伊也走上台说："我曾是达尔文五年航海考察的那艘'贝格尔号'上的舰长，很高兴今天能在这里和诸位见面。"

台下的观众向菲茨罗伊报以热烈的掌声。现在，菲茨罗伊也因"贝格尔号"成为英国的有功之臣。

他接着说："在'贝格尔号'上时，达尔文就曾多次流露出对上帝的不尊敬，我曾多次批评过他，现在他又弄出来这样一系列的歪理邪说来动摇大家对上帝的诚心，我要问托马斯·赫胥黎先生，达尔文的学说还能比得上《圣经》吗？神圣的《圣经》是不容怀疑的，达尔文如此煽动人们的思想，难道他不应该被送上宗教法庭吗？"

托马斯·赫胥黎说："听您的话，根本不像出自一个绅士之口，在历史上，宗教反对科学的例子还少吗？凡是跟地球有关的重大发现，在刚一问世的时候几乎都要经历一番批驳。当年伽利略证明地球不是宇宙的中心，而是和其他的行星一起围绕着太阳转，不也因此被判监禁吗？现在的科学家们，正在追寻伽利略的足迹往下研究！这说明背叛真理的人才是最愚蠢的！"

台下的观众大喊着："菲茨罗伊下去，这不是你说话的地方！"菲茨罗伊低着头走下台去……

达尔文的著作在世界上一版再版的事实，让一些人从上帝那边倒向达尔文这边，达尔文理论的信仰者越来越多了。

在给托马斯·赫胥黎的信中，达尔文说：

> 牛津的讲台上您大显威风，这次的争论将会有很重要的历史意义，您给他们的回答太好了……如果您不引起这场争论的话，另一个人也会这样做的，我对您非常地敬佩，我宁愿死去，也不愿意去面对争论的场面！

达尔文很不喜欢那种带有讽刺的争论，有时他会因为自己在争论中对家人和朋友说过重的话，而彻夜难眠，直到第二天道歉。如果他去参加这样的争论，他会有更多的自责的。

托马斯·赫胥黎在1873年患了严重的肝病，需要休养治疗，但是他的经济条件不好，病情得不到控制。达尔文知道后，马上给托马斯·赫胥黎写了一封信，并把赠款直接汇到了他的账户上，达尔文在信中说：

> 2100英镑的款子已经在您的账上了，如果您能听到我说什么，或者知道我内心深处想些什么，您就会知道我对您有多么的尊敬。我相信您也用同样的心情来对待我……

达尔文说自己是能理解持反对意见人的心情的，他说："一个没有被证实的假说很少有价值，或者根本没有价值；但是，如果此后有人进行观察，从而确定这种假定，我会对此提供帮助，将大量的孤立事实联系在一起，那个假定就成为可以理解的了。"

显然易见，达尔文理解了那些对他持反对意见的人，人

们也理解了达尔文。达尔文的学说被译为53种语言，在世界各地都有他的支持者。许多国家的学院和科学团体都为他颁发了奖章、勋章、奖状，还授予他博士、名誉院士、通讯院士、名誉会员等各种头衔。

英国女王身边的人也建议授予达尔文爵士称号，可是女王说："达尔文的著作与宗教水火不相容，怎能授予他爵位呢？"

宗教人士解释说："先是上帝创造了万物，后来的自然界就按照达尔文发现的规律发展了。"

一听这话就知道，神学者对达尔文的理论还半推半就，他们曾说达尔文的理论是"魔鬼的世界"，现在又说达尔文是"上帝忠实的儿子"。

后来的日子里，恩格斯把达尔文的"进化论"列为19世纪三大发现之一，称达尔文是发现了生物界科学规律的人。①

人们在"贝格尔号"去过的帕戈斯岛上，建立起了达尔文研究所，达尔文的铜像耸立在庄严的研究所门前。铜像中的达尔文眺望着远方，好像正在思索问题。

①《物种起源》引起的争议，让一些人把这本书称为"疯人的书"。1864年，南美洲科学家弗里茨·弥勒出版《支持达尔文》一书，号召人们接受达尔文的理论。

爱 的 奉 献

达尔文说："我完成工作的方法，是爱惜每一分钟。"

达尔文还说："科学就是整理事实，以便从中得出普遍的规律或结论。"

达尔文理论的支持者格兰斯贝说："那个'猫被创造出来是为了吃老鼠，老鼠被创造出来就是为了给猫吃，而整个自然界被创造出来是为了证明造物者的智慧'的看法，将因为达尔文而被我们永远抛弃！"

达尔文就是这样的一个人，他一生的兴趣和唯一的工作，就是科学研究。写完《人类的起源》，达尔文已经是一位62岁的老人了，长期的疾病，使他看上去很苍老。

在达尔文的家族中，他母亲早早去世是个例外，其他亲人都活到了80岁到90岁的高龄，可是62岁的达尔文却总有一种自己将要不久于人世的感觉，所以他格外珍惜自己的时间。

他说："我的科学工作使我感到的疲倦超过了通常程度，但是我没有其他的事情好做，不论一个人的精力是早一两年耗尽，还是晚一两年耗尽，这都是无关紧要的。"

是啊，达尔文把自己的生命置之度外，又开始起草《植物的运动能力》一书。

为了收集资料，达尔文每天要给朋友写8~10封信。

没有读过达尔文信件的人，往往很难想象一个身体弱不禁风的老人，竟然会有那么朝气蓬勃的思想。他曾在给罗马学者的信中写道："应该鼓励遥远的世界各大洲的科学。"

达尔文关心世界各国的科学，世界各国也没有忘记他对科学的贡献，他在成为剑桥大学的法律博士、波恩大学的医学外科博士、比勒斯劳大学的医学外科博士后，又获得地质学会的华拉兹奖章、皇家学会的柯普雷奖章、皇家医学院授予的贝勒奖章，美国、法国、德国、荷兰、比利时、意大利、西班牙、瑞士、俄罗斯、丹麦、葡萄牙等国家和地区的61个学术团体都分别授予他学位或者吸收他为会员，他家里的奖章太多了。

关于奖章还有这样一件事，1864年，皇家学会授予达尔文柯普雷奖章①。

①柯普雷奖章，是英国皇家学会颁发的最古老的科学奖之一。1731年设立，每年颁发一次，因历史久远而闻名。

达尔文说："像我这样一个衰弱的老人竟然没有被忘记，我深深地致以感谢，可是，我的健康情况不允许我去领奖。"

柯普雷奖章，是英国最高荣誉的象征，1864年11月30日颁奖那天，达尔文却在他的工作室里继续工作。

达尔文说："这是我曾经得到的最高荣誉，我非常感谢他们的盛意和慷慨的同情！"在英国这个反对达尔文学说最激烈的地方，能得到如此高的荣誉，这是让很多人发出感慨的一件事。

但对达尔文来说，名望、荣誉、享乐、财富早已没有什么吸引力，他唯一关心的就是事业。

他说："我经常感到除了科学之外，每件事情都好像是一片枯萎了的叶子，有时候，这种感觉让我痛恨科学；不过，我应该感谢这种多年从不间断的对科学的兴趣，它使我每天有几个小时忘掉倒霉的胃痛。"

一次，一个美国小女孩观看达尔文的昆虫标本后感叹道："这是多么残忍的工作啊，竟然把美丽的蝴蝶用大头针扎死了！"

但当她听到工作人员的解释说，大科学家达尔文为了寻找这些死蝴蝶花费了好多时间和精力时，她又感慨地说："达尔文真是爱的化身。"

"达尔文是爱的化身"这句话有许多人说过。当他失去心爱的女儿后常常落泪；在金钱上也一直节约开销，可是却把大笔钱捐给唐恩教堂；他的家里经常有一些爱好科学的人来请教问题，他总是耐心地听着来访人的问话，然后不厌其烦地讲解。

达尔文对身边的人无所求，可是却把爱奉献给了每一个人。当他发现家里的佣人工作很累时，他让埃玛多雇一个人

以减轻佣人的工作量。他甚至在遗嘱中写道：

老女仆贝西在我们家干了30年，她退休的时候，要送给她一幢小房子，每周养老金至少要10先令！②

达尔文早在一百多年前就把这份关爱献给了当时社会底层的奴仆。

⑦1882年4月18日晚，达尔文去世的前夜，呕吐在地板上的脏物，都是这名老仆跪在地上含泪清理的。1891年，她在达尔文家里退休，埃玛遵照达尔文的遗嘱，让她享受退休待遇。

兰花情

在别人身上花钱时达尔文是一个慷慨大方的人，可自己花钱时却精打细算。一次，埃玛对达尔文的朋友说："他总是把朋友来信中空白的地方剪下来，用来记笔记，他旧稿的背面也全是字，他批评仆人的唯一一次是因为那个女佣要把废纸扔进炉里烧火……"

达尔文在支持科学事业和接济穷人时，却慷慨地解囊。他曾写信给一个正在搞科研的朋友说："如果你们那里需要一些试验品，价值在100英镑左右的话，我很愿意为你们支付这笔钱……"

不久，达尔文开出了一张100英镑的支票。达尔文家里那时也很需要钱，他的七个孩子分别在读小学、上大学，教育费就是一个很大的数目。

1861年，达尔文家里的子女教育费用账本上记载的数是1632英镑，在那时，一年挣1000英镑就是很大数字了。达尔文舍不得给自己花钱，却舍得在教育上为子女做重大投资，他把稿费全用在子女的教育和为别人买科学仪器上。不过他的苦心没有白费，子女们也以优异的成绩回报他了。

达尔文的二儿子乔治、三儿子弗朗西斯、五儿子贺拉斯都成了著名的科学家，被选为皇家学会会员并封为爵士。①

随着达尔文研究的深入进行，他认识到近亲结婚的危害性,达尔文对自己曾劝说姐姐卡罗琳和表哥韦奇伍德的婚事非常地后悔。

①弗朗西斯是植物学家, 乔治是天文学家, 贺拉斯是动力学家。

达尔文的大儿子威廉本是个很健康的孩子, 可在一次打猎事故中, 不幸失去了一条腿, 从此怕风、怕冷, 在饮食上也非常挑剔, 疾病让他的头发全秃了, 他常常不得已用黑手套捂着脑袋走路。

埃蒂是家里生病最少的一个孩子, 可长大后她却变得过分娇气, 即使是炎夏也要披上头巾。结婚后, 她的家人对她更是百般呵护, 给了她非常的怜爱。

达尔文的二儿子乔治的神经也不太好, 胃也有毛病, 很喜欢向别人谈论自己的病痛, 他是一个忧郁症患者。

达尔文的女儿伊丽莎白, 长相臃肿, 整日无精打采, 成了家里最不受人喜欢的孩子, 神经也不正常, 一生都没出嫁。

达尔文的三儿子弗朗西斯在妻子去世后, 也变成了一个忧郁寡欢的人, 后来他得了忧郁症, 经常有一种绝望感。

伦纳德是达尔文子女中寿命最长的一个, 他曾在军队服役20年, 后来进入政界, 尽管40岁后, 他也总是怀疑自己

有病，但是他还是活到了93岁！

达尔文的小儿子从出生时身体就非常脆弱，他曾专攻文学，后又改学机械学，成为一个了不起的工程师，但他总说自己有病，需要母亲的照顾，后来患了慢性盲肠炎，做了手术后才让他忘记自己有病！

六个先后结婚的儿女，竟然没有一个能生育后代，这是否是他和埃玛近亲结婚的结果呢？

达尔文决定开始研究近亲结婚带来的后患，为了不让埃玛受刺激，他选择兰花做研究对象。②

通过观察，达尔文认识到了花凭借昆虫授粉比自花受粉要好，他写成一本《兰花借助昆虫传粉的各种器官》的书。接着又写完了《兰科植物》、《食虫植物》、《植物界中异花受精和自花受精的作用》等书。

1877年达尔文又完成了《同种植物花的不同形态》，1880年出版了《植物的运动能力》一书。这些年来，达尔文整天呆在兰花房里，得到了肯定的答案：无论是人还是植物，近亲结合后患无穷。

一天，埃玛来到兰花房看见达尔文为儿女们的病郁郁寡欢，埃玛说："当初，你就不应该娶我。"

达尔文说："我不是这个意思，天底下没有一个父母不希望自己的子女是健康聪明的，而我们的孩子就像这棵自花授粉的兰花一样，虽然枝繁叶茂，但却弱不经风。"

埃玛沉默了。

后来达尔文在公众场合说："我和埃玛的婚姻就是最好

的例子，为了提高人类的素质，不要近亲结婚了！"③

　　达尔文没有孙子陪伴在身边，可是他并不寂寞，他对兰花有了深深的感情，每天走进兰花房成了他生命里最重要的事！

　　②在达尔文初次踏上南美洲的土地时，就深深爱上了兰花。

　　③达尔文去世后，他的表弟优生学家、统计学家高尔敦创立了优生学，阐明了近亲不能结婚的科学道理。

夕阳别样红

　　一天，达尔文躺在沙发上，埃玛给他朗读狄更斯的小说《大卫·科波菲尔》，听着听着，达尔文睡着了。他太累了，每天都保证不了四个小时的睡眠！为了能够让达尔文接着睡，埃玛依然往下读着。①

　　①晚年的达尔文和埃玛有着共同的兴趣，一起下"五子棋"、听音乐，埃玛弹得一手好钢琴，音乐为达尔文缓解了工作的压力。

　　念到第22章的时候，达尔文醒了，他不好意思地说："埃玛，你一定口干舌燥了，我最近这是怎么了，总是无缘无故地疲倦。"

　　埃玛说："休息一阵子就会好的。"

　　达尔文说："我父亲活到了83岁，思维还是那么清晰，动作一点也不迟缓，真希望我在还没有糊涂的时候就死去。可是我还有许多工作要做，我真希望把它们完成，不过，看来是不行了。"

　　埃玛说："我们的祖先都是长寿的，你不要乱想。"

　　达尔文说："我刚步入古稀之年，却犹如没有马力的机器。"

　　埃玛沉默了一下，面对圣像心中默默地祷告："上帝让我承担查尔斯的痛苦吧，上帝让我代替查尔斯去死吧。"

　　在埃玛的悉心照料下，达尔文的身体渐渐康复，又能工作了。到1881年夏天，他又生病了，他在给朋友们的信中写道：

　　　　我感到很难过，我没有勇气和体力去开始进行一种需要费时几年的研究，我找不到我能做的细小工作了，不能散步，一切都使我疲倦，观赏风景时也是如此……我将怎样利用这有生之年呢，我简直讲不出来。

　　达尔文虽然这样说，其实他一天也没有离开工作，在他的房间里，装满了记录本和大量的调查资料，他脑海里还萌发了许多理论没有记录下来。他之所以这样说，是他对自己的工作效率不满意，心里不服老。

　　1881年秋天，达尔文研究完了碳酸氨对植物的根部和叶子所起的作用。

　　1882年1月，达尔文几次犯心脏病，整个胸部开始疼痛，他感到自己的生命快要结束了，常常约老朋友一起谈过去的往事。在谈到童年时说：

　　"我的父亲和我的老师都认为我是一个平庸的孩子，认为我的智力水平简直低于一般人，可是我始终坚持追求科学，并且把一生都献给了科学，我相信这样做是正确的，但是使我时常感到遗憾的是，我没有使人类得到更直接的好处。"

达尔文的话说得太谦虚了，他已完成了80多篇论文，22部著作，在另外9部著作中还有他编写的章节，他为人类留下的资料太宝贵了。

3月10日，埃玛从伦敦请来了著名的医生为达尔文看病。达尔文从医生的眼神里知道了自己的病情，他对医生说："还有更多需要你的病人等待你去照顾，不要在我这里浪费时间了。"

3月27日，达尔文挣扎着从病床上起来给好朋友赫胥黎写信，科学研究和发展依然是他信中的主题。

4月18日上午，达尔文来到儿子弗朗西斯的实验室里，他帮着儿子记录实验情况。到了晚上，达尔文出现了昏迷，医生把他抢救过来后，他拉着埃玛的手说：

"我一点儿也不怕死。我死以后，你要拿出一部分钱来资助出版《物种起源》的笔记，还要继续资助……"

达尔文讲述着他的遗嘱，埃玛在旁边记，埃玛哭着说："你的遗嘱都写好了，你放心，我会照着你的遗嘱做！"达尔文深情地看着妻子，拉着埃玛的手说："好……好……"他边说边闭上了眼睛，再也没睁开！

1882年4月19日凌晨4点，达尔文停止了呼吸，享年73岁。一颗伟大的心脏停止了跳动，全世界都为之悲哀，都在沉痛悼念这位19世纪最伟大的科学家。

埃玛想把达尔文安葬在唐恩花园，可达尔文已不仅仅属于她自己，他属于英国，属于全世界人民！

皇家学会主席出面做埃玛的工作，埃玛同意将达尔文安

葬在威斯敏斯特教堂。②

1882年4月26日，来自各国的代表参加了在威斯敏斯特教堂为达尔文举行的葬礼。③达尔文的棺柩被安葬在教堂的东北角。他的理论曾是宗教界最反对的学说，现在，英国皇家同意将达尔文安葬在这里，他们依然承认达尔文是一个忠实的教徒。

达尔文的墓碑旁是约翰·赫歇尔和牛顿的坟墓，好朋友和导师莱尔的坟墓也离他只有几步远，他们在这里相聚了！

因为几位伟大的科学家长眠在这里，威斯敏斯特教堂成了光芒四射的地方，清晨柔和的太阳光照在达尔文的墓碑上，前来祭祀的人深深地鞠躬致敬，墓碑上雕刻着：

《物种起源》及其他几部自然科学著作的作者
查尔斯·罗伯特·达尔文
生于1809年2月12日
卒于1882年4月19日

②威斯敏斯特教堂，是英国皇家成员及国家元勋的安息之地，这里还埋葬着英国的一些科学家、艺术家和社会名流，如牛顿、邱吉尔、狄更斯等。

③在达尔文的葬礼上，唱诗班唱着《箴言篇》："快乐属于理解这个世界并给他带来智慧的人。"

大 事 年 表

1809 年	2 月 12 日出生在英国塞文河畔。
1817 年	母亲去世,他成了一所私立小学的学生。
1818 年	升入中学。
1825 年	进入爱丁堡大学学习医学。
1826 年	加入科学研究的学会,并开始发表论文。
1827 年	进入剑桥大学学习神学。
1831 年	毕业于剑桥大学,去北威尔士考察,同年 12 月 27 日随"贝格尔号"开始了长达 5 年的环球考察。
1835 年	10 月 28 日到达拉帕戈斯群岛。
1836 年	结束考察,返回英国。
1838 年	发表有关自然界生存斗争的文章。
1839 年	1 月 29 日与表姐埃玛结婚,同年出版《一个博物学家的考察日记》。
1842 年	购建唐恩花园。
1844 年	列出长达 20 多页的《物种起

	源》的论著提纲。同年第一次
	写下了遗书。
1856 年	开始写《物种起源》。
1859 年	11 月 24 日，《物种起源》在伦
	敦出版。
1860 年	在辩论会上击败对手。
1864 年	英国皇家学会授予柯普雷奖
	章。
1871 年	巨著《人类的起源》出版。
1872 年	出版《人类和动物的表情》。
1882 年	4 月 19 日病逝。